노빈손

세종대왕의 화포를 지켜라

노빈손 **세종대왕**의 화포를 지켜라

초판 1쇄 발행 2008년 11월 12일
　　 11쇄 발행 2020년 6월 12일

지은이 남동욱
일러스트 이우일
펴낸이 고영은 박미숙

펴낸곳 뜨인돌출판(주) | 출판등록 1994.10.11.(제406-251002011000185호)
주소 10881 경기도 파주시 회동길 337-9
홈페이지 www.ddstone.com | 블로그 blog.naver.com/ddstone1994
페이스북 www.facebook.com/ddstone1994 | 노빈손 www.nobinson.com
대표전화 02-337-5252 | 팩스 031-947-5868

ⓒ 2008 남동욱, 이우일
'노빈손'은 뜨인돌출판사의 등록상표입니다.

ISBN 978-89-5807-246-1　03810

이 도서의 국립중앙도서관 출판예정도서목록(CIP)은 서지정보유통지원시스템 홈페이지
(http://seoji.nl.go.kr)와 국가자료종합목록 구축시스템(http://kolis-net.nl.go.kr)에서
이용하실 수 있습니다. (CIP제어번호 : CIP2010002848)

노빈손

세종대왕의 화포를 지켜라

남동욱 지음 · 이우일 일러스트

韓國史

뜨인돌

책을 내며

『노빈손, 정조대왕의 암살을 막아라』 이후 꼭 일 년 만에 내놓는 책이다. 게을러서가 절반, 무능해서가 절반이지만 전작을 재미있게 읽어 준 20만 개의 눈망울을 생각하면 아무렇게나 책을 쓸 수가 없었다. 뭐 그렇다고 스스로 너무 만족해서 희희낙락할 정도는 아니지만.

'피해 갈 수 있을까.' 노빈손 한국사를 시작하면서 문득 떠올렸던 질문이다. 세종대왕 문제였다. 너무 유명하고 매일매일 지갑에서 보고 그분이 만든 문자를 쓰다 보니 세종대왕에 대해 다 알고 있는 느낌이었다. 그러다 보니 막상 소재로 다루기가 꺼려졌던 것이다. 해서, 결론은 '좋아! 세종대왕 말고 다른 인물 이야기를 하자'였다.

그러나……

조선 왕조 오백 년을 훑어 내리다 보면 그 끝에는 매번 세종대왕이 있었다. 할아버지 이성계가 나라를 세웠고 아버지 태종이 틀을 다졌다면, 조선이라는 나라를 만든 것은 결국 세종이었던 것이다. 그래서 책을 쓰기로 했다. 시중에 나와 있는 세종대왕과 관련된 책이란 책은 남김없이 먹어 치웠다. 세종은, 알고 있던 것 그 이상이었다. 만약 작은 나라 조선의 임금이 아니라 더 큰 나라의 왕이었다면 세계사의 여러 페이지를 장식했을 어마어마한 거물. 하여 결론은 다시 이렇

게 바뀌었다. '세종, 그가 바로 조선이다!'

　한 사람의 '업적'만으로는 이야기를 만들 수가 없었다. 신은 특정 시기, 특정 지역을 골라 인재를 대량으로 쏟아붓는다더니 과연 성군聖君 밑에 현자賢者와 천재天才가 득실득실했다. 그중 하나가 장영실이다. 장영실 역시 만만치 않았다. 개화開花 절대 불가의 심란한 주변 환경을 박차고 솟아올라 오로지 상상력과 열정만으로 한국 과학사를 새로 쓴 '조선의 갈릴레이이자 다 빈치'였다. 이런 인물이 제대로 된 위인전 하나 없이 방치되어 온 것은 철저히 기성세대의 책임이다. 그 책임 중 일부라도 질 수 있게 되어 다행이다.
그럼 사건은? 궁리 끝에 당시 조선과 명나라 간의 첨예한 갈등 요인이었던 공물 문제와 화포 개발 이야기를 섞었다. '업적'과 '과학'은 결과물로는 매력적이지만 그 과정은 지루하기 십상이므로. 해 놓고 보니 잘했다는 생각이 든다. 나도 제법 뻔뻔해진 모양이다.

　파주 영어마을 총장이자 숭실대 교수인 장원재 선생의 조언이 없었더라면 시작부터 난항을 겪었을 것이다. 선생의 박학다식함과 통찰을 책 속에 온전히 녹여내지 못해 미안할 따름이다. 중, 고등학교 시절 은사였던 최명숙, 이일원 선생님께도 감사의 말씀 올린다.

2008년 가을

남동욱

등장인물 소개

노빈손

자유분방한 외모, 부실한 체력 그러나 모험심 가득한 우리들의 영원한 주인공. 규장각 할아버지의 새로운 미션을 수행하기 위해 이번에는 세종 시대로 날아갔다. 시작부터 폭탄이 터지는 아슬아슬한 상황이라니. 세종대왕을 도와 이번에도 과연 제 몫을 다 할 수 있을까.

장영실

14세기에 태어났지만 20세기의 '머리'를 가진 조선의 과학기술자. 천한 신분 때문에 가슴이 퍼렇게 멍든 과거사를 지니고 있다. 대포의 제왕 최해산과 세종대왕의 보살핌 속에서 명나라 사신단과 치열한 두뇌 싸움을 벌인다. 기발한 발상으로 21세기 수학 실력을 가진 노빈손을 여러 번 경악하게 만들지만 사정을 모르는 터라 노빈손을 시샘하기도 하는데…….

최해산

아버지인 최무선에 이어 조선의 대포와 화약을 책임진 무기 개발자. 성격 급하고 머리는 단조로운 감이 있지만 무기 개발에 있어서만큼은 타의 추종을 불허한다. 만들다 만 대포를 몰래 팔아 술을 사 마시다가 순평군에게 들켜 된통 혼난다. 자기 자신보다 대포를 더 사랑하는 사나이. 조선의 명운을 건 마지막 한 발이 그의 어깨에 걸려 있다.

세종대왕

조선을 건국한 것은 이성계지만 조선을 만든 사람은 세종대왕이
라는 말이 있을 정도로 훌륭한 문화 군주. 싫어하는 것으로는
채식, 활쏘기, 말타기 등이 있다.

순평군

역사책에도 나와 있는 조선 왕실 최고의 바보. 그러나 그것은 남의
눈을 피하기 위한 위장일 뿐이고 실은 세종대왕의 밀명을 받들어
국사를 돕는 숨은 충신이다. 왕실과 조정 관료들의 주소록을 통째
로 외우는 비상한 기억력을 지닌 그. 바보로 소문이 났기 때문에
한가하게 먹고 노는 모습만 보여 줘야 하는 당신은 불행한 사나이
인가, 행운아인가.

조아명

명나라 유학생 출신의 숨은 매국노(?). 젊은 시절 배고팠던 것에
한이 맺혀 내리 먹어대는 통에 '국민 비만'의 몸매를 가지고 있
다. 왕 메이 룽의 지시에 따라 조선의 과학기술자들을 포섭하는
것이 주요 임무. 이름 때문일까, 사무치게 명나라를 좋아하는 그.
명나라에 가서 벼슬하는 허황된 꿈을 위해 간악한 흉계를 꾸미는
데…….

왕 메이 룽

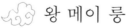

조선을 봉으로 알고 공물 뜯어가기에 혈안이 된 명나라 사신. 뻔
뻔하고 거만하고 가끔은 치사하기까지 한 간교한 성격을 가지
고 있다. 명나라의 지식과 무기가 최고인 줄 알고 덤볐다가 제
대로 큰 코 다치는 전형적인 강대국 소인배.

차 례

 **4장**

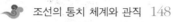

 5장

참고문헌

『세종, 실록 밖으로 행차하다』 (박현모, 푸른역사)
『장영실과 자격루』 (남문현, 서울대학교 출판부)
『이이화의 한국사 이야기 9』 (이이화, 한길사)
『쑹내관의 재미있는 궁궐기행』 (송영진, 두리미디어)
『세종, 그가 바로 조선이다』 (이한우, 동방미디어)
『로켓 이야기』 (채연석, 승산)
『임진왜란 해전사』 (이민웅, 청어람미디어)
『민족사를 바꾼 무인들』 (황원갑, 인디북)
『신기전』 (이만희, 시공사)
『세종, 소통의 리더십』 (김현식, 북코리아)
『한권으로 읽는 세종대왕실록』 (박영규, 웅진지식하우스)
『집현전 학사의 삶과 문학세계』 (김남이, 태학사)
『조선의 무기와 갑옷』 (민승기, 가람기획)
『한국사 상식 바로잡기』 (박은봉, 책과함께)
『장영실은 하늘을 보았다 1, 2』 (김종록, 랜덤하우스)
『한권으로 읽는 조선왕조실록』 (박영규, 들녘)
『장영실 - 신분의 벽을 뛰어넘은 천재 과학자』 (조대현, 효리원)
『용재총화』 (성현, 범우사)
『세종대왕이 사랑한 조선 최고의 발명가』 (송윤섭, 해와나무)
『측우기를 만든 조선 발명왕』 (김영자, 흙마당)
『수학의 유혹』 (강석진, 문학동네)
『사서삼경을 읽다』 (김경일, 바다출판사)
『자습서 국사』 (편집부, 지학사)
『설민석의 국사 대백과』 (설민석, 이투스)
『누드교과서 국사』 (이투스 사회팀, 이투스)
『중학교 국사』 (교육 인적 자원부)
『고등학교 국사』 (교육 인적 자원부)

백성은 나라의 근본이요, 백성은 밥을 하늘로 삼는다. 요즈음 수해와 태풍의 재앙으로 인하여 해마다 흉년이 들어 가난한 자가 먼저 고통에 처하고, 직업 있는 백성까지도 굶주림을 면치 못하니, 너무도 가련하고 민망하노라.

슬프다, 한많은 백성들의 굶어죽게 된 형상은 부덕한 나로서 두루 다 알 수 없으니, 감사나 수령과 같이 무릇 백성과 가까운 관원은 나의 지극한 뜻을 받아들여 밤낮으로 게을리 말고 백성들이 굶주려 헤매지 않도록 유의하고, 궁벽한 촌락에도 친히 다니며 두루 살피어 힘껏 구제하도록 하라. 만약 한 백성이라도 굶어죽는 자가 있다면, 감사나 수령이 교서를 위반한 것으로 보고 죄를 논할 것이라.

— 『세종실록』, 세종 1년 2월 12일

프롤로그

구름이 달을 쫓아가고 있었다.

바람에 밀린 구름이 닿을 때마다 달은 아픈 듯 일그러졌고 산천의 윤곽이 드러났다 지워지기를 반복했다.

계곡 안, 잘박잘박 물 밟는 소리와 함께 관복을 입은 사내가 개울물을 거슬러 올라오고 있었다. 연신 뒤를 돌아보며 다급하게 발걸음을 옮기던 사내는 숨이 찬지 가슴을 부여잡고 잠시 숨을 골랐다. 땀으로 뒤범벅이 된 얼굴에는 공포와 두려움이 가득했다.

"…무서운 놈들. 그런 끔찍한 일을 꾸미고 있었다니."

탄식처럼 중얼거리던 관복의 사내는 발바닥에서 묵직한 통증이 느껴지는 것을 깨달았다. 물에 젖어 무거워진 바짓단을 끌어올리고 아래를 살폈다. 어디서 잃어버렸는지 한쪽 발은 신도 없이 맨발이었고, 그 발로 모난 돌이라도 디뎠는지 발바닥에서 피가 배어 나왔다.

허리띠를 풀어 발을 동여매던 사내는 문득 인기척에 고개를 들었다. 애꾸눈에 험상궂은 사내가 앞을 가로막은 채 장승처럼 서 있었다. 얼굴은 무표정하고 손에는 쇠방망이를 든 채였다.

"책상물림치고는 제법 잘 뛰네. 하마터면 놓칠 뻔했어."

아무런 감정도 담기지 않은 건조한 목소리에 관복의 사내는 소름이 돋는 것을 느꼈다.

"네 이놈, 하늘이 두렵지도 않느냐!"

애써 호기를 부려 보았지만 효과는 없었다.

13

"지난번에도 그러더니만 어째 배운 놈들은 하나같이 하늘 타령이냐. 그건 내 알 바 아니고, 나리께서 어찌할 것인지 물어보라 하셨다. 협조할 것이냐, 아니면 이 계곡물에 벌건 피를 풀어 놓을 것이냐?"

관복의 사내 얼굴이 분노로 일그러졌다.

"집에서 키우는 강아지도 밥 주는 주인의 손은 물지 않는 법이다."

"어렵게 말하지 말고 쉽게 하자. 나, 보기보다 단순한 놈이거든."

대답을 재촉하듯 쇠방망이가 천천히 치켜 올라갔다.

관복의 사내는 떨리는 목소리로 물었다.

"혹시 김용하와 박무림을 죽인 것도 네 놈이냐?"

애꾸눈이 이죽거리듯 대꾸했다.

"미안하다. 얼마 전에도 황천으로 보낸 놈들이 있기는 한데 죽일 때마다 이름을 물어볼 수는 없는 일 아니냐. 셋을 세겠다."

'그랬구나. 소식 없이 사라진 그 둘도 어디선가 나처럼 이렇게 비참한 죽음을 맞았구나.'

관복이란?

관리가 입던 제복을 말한다. 머리에 쓰는 사모, 집무복인 단령, 가슴과 등에 붙이는 헝겊인 흉배, 허리띠인 대와 신발인 목화로 구성된다. 시대에 따라 색이나 모양이 달랐으며 벼슬의 위치를 구별하는 기준이 되었다. 1894년 갑오개혁 이후 간소화되기 시작했고 조선 말기에는 제 모습을 잃고 사라졌다.

셋을 헤아릴 동안 할 수 있는 것이 무엇일까.

많지 않았다.

관복의 사내는 북쪽을 향해 무릎을 꿇었다.

'전하, 이제는 다시 뵙지 못하겠군요. 만수무강하소서.'

바람결에 임금의 옥음이 들리는 듯했다.

관복 사내의 입가에 희미하게 웃음이 지나갔다.

거기까지였다.

허공을 가르는 횡 하는 소리와 함께 관복의 몸은 무너져 내렸다.

가물가물 의식이 사라지고 있었다.

"절개가 밥 먹여 주나. 좀 있으면 불에 타서 한 줌 뼛가루로 변할 주제에 튕기기는."

얼굴이 물에 반쯤 잠긴 채 관복의 사내가 마지막으로 들은 말이었다.

아아, 나는 이제 땅에 묻힐 몸뚱이조차 없어지겠구나.

그것이 서러웠는지 숨을 거둔 관복의 한쪽 눈에서 거짓말처럼 눈물이 흘러내렸다.

구름은 어느새 달을 휘어 감아 삼라만상을 어둠 속으로 몰아넣고 있었다.

세종 시절 = 태평성대?
실은 격동의 시대!

대외적인 상황

세종 임금님 시대를 얘기하려면 먼저 조선을 건국할 때의 이야기부터 알아야 하지.

1392년, 고려 정권의 무리한 요동 정벌 명령에 불복한 태조 임금님(이성계)은 군사를 돌려 공양왕을 폐위시키고 조선이라는 새 나라를 세웠어. 정도전, 남은, 조준 등 태조 임금님의 참

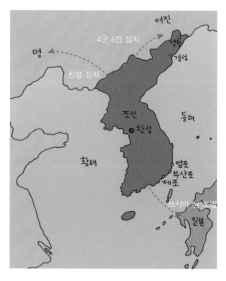

모들은 새 나라의 정치 이념으로 성리학을 선택하고 유교를 국가의 정신으로 삼았지. 이에 따라 조선의 대외 관계는 '사대교린', 즉 중국(명나라)을 받드는 한편 다른 이웃 민족들에게는 강하게 또는 부드럽게 설득하는 정책을 교대로 사용했지.

그렇다고 무작정 명나라에 숙이기만 한 것은 아니야.

활발히 사신을 파견하며 문화를 수입하고 교환과 무역을 이어가는 등 경제, 문화적인 실리를 추구하였으니 실용주의 노선이라 할 수 있지.

여진족

잉잉, 우리 여진족은 욕심부리다가 망한 경우야. 금나라가 몽고에 멸망당한 뒤, 부족 단위로 쪼개진 우리들은 농사와 유목을 병행하면서 어렵게 살았어. 먹을 것이 없으면 곧잘 국경을 넘어가서 조선을 침략하곤 했는데, 처음에는 살살 달래더라고. 그래서 신이 나서 자주 침략했더니 김종서를 보내서 우릴 두들겨 패고 4군과 6진을 건설해서 다시는 넘어가지 못하게 해 버렸어. 잘해 줄 때 말들을 걸 그랬어~ 흑흑.

일본 왜구

흑흑, 우리 왜구들도 비슷하므니다. 왜구라고 하니까 별거 없는 것처럼 느껴질지도 모르겠지만, 알고 보면 500명 단위의 배가 200척씩 조선에 들어가 노략을 했으니 거의 해양 군단 수준이라고 봐도 될 것이므니다. 그래서 아무도 우리를 못 당할 줄 알았는데, 세종 임금 때에 이종무 장군이 우리 왜구의 심장부인 쓰시마 섬을 아주 싹 쓸어 버렸스므니다. 코가 납작해져서 제발 교역만 하게 해 달라고 싹싹 빌었더니 부산포, 왜포,

염포 등 세 곳의 항구를 열어서 무역을 일부 허용해 주었스므니다. 세종 임금 아주 무섭스므니다.

 명나라 사신

세종 임금은 처음부터 우리와 불리한 상황에서 시작하였소. 그의 아버지인 태종이 왕위에 오를 때 우리 명나라의 허락을 받기 위해 말을 3,550마리나 바쳤기 때문이지. 그 때문에 우리는 조선이 말 보급소쯤 되는 걸로 생각하고 자주자주 헐값에 말을 요구하곤 했소. 그리고 1425년, 세종 임금 역시 말을 300마리 보내라는 요구를 받았지. 하지만 세종 임금은 현명했소. 사신을 우리나라에 보낼 때마다 북경의 벼슬아치들에게 '인삼이 불로장생의 보약'이라고 선전하도록 한 거요. 그 계획은 맞아떨어졌고, 나중에는 자연스럽게 말 대신에 인삼을 요구하게 되었지. 조선 후기에는 인삼 재배에 성공하여 우리나라의 요구를 어려움 없이 들어줄 수 있었으니, 세종 임금의 '인삼 로비'는 실로 탁월했다 할 수 있소.

국내 상황

선왕이신 태종이 이룩한 왕권을 기반으로 정치, 경제, 사회, 문화 전반이 모두 발전한 시기였어. 집현전을 통해서는 고급 인재들이 배출되었고, 훈민정음이 백성들에게 보급되는 한편 농업과 과학 기술은 발전하고, 의술과 음악은 정리되고……. 요새 말로 사회 전반이 모두 한 단계 업그레이드 되는 시대였어. 또한 왕에게 집중되어 있던 국사를 의정부로 분산시키고 황희, 맹사성, 최윤덕, 신개 등 유능한 인재들이 자신을 보좌하게 했지. 인재를 알아보고 적재적소에 배치할 뿐 아니라, 그들의 의견을 잘 수용할 능력이 임금님께 있었기에 가능했던 거야. 하지만 사실 아픔도 많았다구.

세종대왕을 주인공으로 한 영화나 책은 의외로 찾아보기 어려워. 그 유명세나 인기도를 보자면 국내 사극 소재 1위가 되어도 신기하지 않을 텐데 말이야. 보통은 '세종 시대가 태평성대여서 자극적인 사건이 없었기 때문'이라고들 해. 하지만 정말 그럴까? 다 지났으니까 그렇게 말할 수 있는 거지, 실록을 살펴보면 세종대왕의 치세 30년 동안 조용할 날이 하루도 없었음을 알 수 있어. 조선이 세워진 지 겨우 30년밖에 지나지 않은 때였으니 안으로는 불안정하고 밖에서는 얕잡아보았던 거지.

왕위에 오르자마자 부는 피바람

짐이 즉위한 지 겨우 보름 정도 지났을 무렵, 외척의 세도를 염려한 아버님이 팔을 걷고 나서셨지. 아버님께서는 강상인이 상왕이신 아버님을 제쳐두고 중요한 군사문제를 짐에게만 보고했다는 이유로 반역죄를 물어 즉시 그를 잡아들이셨지. 그리고 모진 고문 끝에 짐의 장인인 심온이 배후에 있다는 자백을 받아냈네. 즉시 심온과 그 일가, 심온이 천거한 사람들은 관직을 박탈당하거나 목숨을 잃었지. 이 때문에 하마터면 짐의 부인도 쫓겨날 위기에 처하는 등 정권 초기부터 피바람이 일었지.

무정한 하늘도 조선을 괴롭히고

하늘도 임금님의 편이 아니었던지, 자연재해도 유독 심했어. 처음 즉위한 10년 동안은 극심한 가뭄이 들었고, 가뭄이 심한 지역의 백성들은 그나마 영양이 좀 있다고 소문이 퍼진 흙을 파서 물과 섞어 흙죽을 쑤어 먹을 정도였어. 이러한 가뭄을 걱정한 임금님은 가마나 양산도 없이 논두렁을 걸으며 백성들에게 직접 안부를 묻곤 했고, '하늘이 군주의 부덕함 때문에 이리 하시는 것인가' 하고 한탄하기도 하였지.

임금님은 가뭄에 과학적으로 대처할 방법을 연구했어. 그 결과 측우기나 『농사직설』 등이 탄생할 수 있었던 거야.

당시 훈민정음은 임금님의 정치적 생명이 걸린 초일급 기밀 프로젝트였네. 그래서 기록에도 연구나 제작에 대한 이야기가 전혀 남아 있지 않지. 왕자와 학자들이 비밀리에 만들던 한글은 1446년 짠 하고 반포되었네.

그러나 대부분의 문신들이 반발했어. 대대로 중국의 문물을 본받고 섬기며 사는 처지에 한자와 다른 글자를 만들다니 부끄러운 일이며, 중국과 다른 글자를 쓰는 것은 스스로를 오랑캐로 떨어뜨리는 짓이라고 말야. 결국 임금님은 반대가 심한 자들을 의금부에 가두거나 파직시키면서까지 자신의 뜻을 관철하셨지. 신하들과 토론하여 정무를 보는 것을 좋아했던 임금님으로서는 보기 드물게 고집을 부린 일 중의 하나라네.

고약한 인연

"하하하, 이 영감님 진짜 웃기셔."

인사동의 고서점, 규장각 분점.

배를 잡고 웃던 노빈손은 심하게 진지한 표정을 짓고 있는 규장각 할아버지를 보고 슬그머니 웃음을 거두었다.

"그게 꿈이 아니었다구요?"

"글쎄, 그렇다니까."

노빈손은 도저히 납득이 안 간다는 표정으로 무릎 위에 놓인 책과 규장각 할아버지의 얼굴을 번갈아 바라보았다.

책은 정조대왕의 화성 행차를 따라갔다가 얻어 온 『원행을묘정리의궤』였다.

김홍도를 만났다느니, 정약용의 친필 사인을 받았다느니 떠들었다가 가족들로부터 매정하게 외면당하고, 심지어 말숙이로부터는 정신과 치료가 필요하지 않겠느냐는 등 모욕적인 충고를 듣게 만든 문제의 책이다.

'그럼 그게 모두 사실이었다는 말이지.'

노빈손은 기억을 되살려 보려는 듯 규장각 분점 안을 둘러보았다.

그건 그거고.

빈손은 다시 정색을 하고 규장각 할아버지에게 따지듯 물었다.

"근데 왜 지난번에는 그렇게 말하지 않

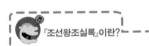

『조선왕조실록』이란?

조선 태조에서부터 철종 때까지 25대 472년간(1392~1863년)의 역사를 기록한 책으로, 국보 제151호이기도 하며, 유네스코 세계기록유산으로 지정되어 있다. 이 책을 통해 조선 시대의 사회, 경제, 문화, 정치 등에 대해 알 수 있다.

으셨어요?"

"그때는 너에 대한 확신이 서질 않아서 그랬지."

"확신이라굽쇼?"

"그래. 내가 찾던 아이가 너인지 아닌지 좀 헷갈렸거든. 네가 좀 이상
하게 생겼잖니. 하는 짓도 어딘지 맹~하고."

허걱!

빈손의 이글이글 타오르는 눈빛을 슬쩍 외면한 채 할아버지는 말을
이었다.

"그러나 지금은 너에 대해서 어느 정도 확신을 갖게 됐단다. 그래서
말인데……."

노빈손은 할아버지의 말을 무 자르듯 중간에 뚝 끊었다.

"안 해요. 안 가요. 싫어요."

"허어, 아직 본론은 꺼내지도 않았는데?"

"빤하잖아요. 가서 뭘 좀 가져와라, 아니면 누굴 구해라, 뭐 이런 거
아니에요?"

"아니다."

엥?

"구하는 수준까지는 아니고, 그냥 누굴 조
금만 도와주고 오면 돼. 쉬워. 아주 많이."

노빈손은 의혹이 주렁주렁 달린 시선으로
할아버지를 쳐다보았다.

"그게 누군데요?"

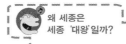

왜 세종은
세종 '대왕'일까?

『조선왕조실록』을 보면 모든
임금의 이름에 대왕이 붙어
있다. 하지만 당대 사람들은
보통 정식 명칭을 줄여서 세
종, 태조, 이런 식으로 부르곤
했다. 오늘날 특히나 우리가
존경하는 왕들의 이름에는 대
왕을 붙인다.

"장씨 성 가진 사람이다. 나머진 가 보면 알아."

"장씨면, 혹시 장수왕이나 장희빈? 설마 장미란 누나는 아니겠죠?"

"비밀이다."

"그럴 줄 알았어. 근데요, 제가 왜 그걸 해야 하죠?"

할아버지의 대답은 간단했다.

"그게 바로 네가 할 일이니까."

"뭐라구요?"

노빈손은 어이가 없었지만 이어지는 할아버지의 말에 자신도 모르게 승낙의 뜻으로 고개를 끄덕이고 말았다.

"원래 선택받은 사람들의 길은 고달픈 법이지. 스파이더맨이나 배트맨 안 봤어? 남들이 알아주지 않는 일을 묵묵히 수행하는 영웅의 고독이라고나 할까."

영웅의 고독이라고? 이 할아버지가 사람 꼬드기는 법을 제대로 아시네.

세종의 시호가
장헌이라는데?

시호란 죽은 자의 평생 공덕을 기려서 후세 사람들이 정해 주었던 칭호를 말한다. '장헌'은 세종의 시호이며, 규범을 잘 지킨 왕이라는 뜻을 갖고 있다. 조선 초기에는 왕족이나 공신, 정 2품 이상의 문무관에게만 시호가 주어졌으나 점차 그 대상이 확대되었다.

살짝 우쭐해진 노빈손은 잔뜩 폼을 잡은 채 과거로 통하는 회벽을 뚫어지게 바라보았다.

주막의 노숙자, 노빈손

"아웅, 도대체 언제 온다는 거야? 기다

리다 목 빠지겠네."

금방이라도 꽃향기에 취해 버릴 것 같은 백화만발 봄날이었다.

툇마루에 앉아 턱이 빠지게 하품을 하고 있던 노빈손은 뒤통수에 꽂히는 싸늘한 시선에 슬그머니 고개를 돌렸다.

언제 왔는지 주모가 허리에 양손을 얹은 채 노빈손을 흘겨보고 있었다.

"말 잘하셨어. 정말 목 빠질 사람은 나라고. 대체 언제까지 이러고 있을 건데? 밀린 숙박비랑 밥값은 언제 낼 거고."

"아이참, 너무 각박하시다. 그게 얼마나 된다고 그래요. 좀 있으면 한꺼번에 싹 갚을 거니까 진득하게 기다리시라니까요."

태연하기 짝이 없는 노빈손의 대꾸에 주모는 그동안 쌓인 분통을 터트렸다.

"이젠 뻔뻔하기까지 하네? 내가 마음이 좋아서 오냐오냐 해 줬더니 이거 너무하는 거 아니야? 계속 이런 식으로 굴면 무전취식으로 관가에 확 고발하는 수가 있어."

주모가 세게 나오자 노빈손은 바로 꼬리를 내렸다.

"헉! 고발이라뇨? 무슨 그런 끔찍한 말씀을. 이왕 기다린 김에 며칠만 더 봐 주세요. 네?"

딴에는 아양이랍시고 슬쩍 팔짱까지 끼어 가며 매달렸지만 주모의 반응은 매몰차기 그지없었다.

"이거 왜 이래, 징그럽게."

"징그럽다뇨. 인상 좋다고 말씀하실 때는 언제고."

주모는 코웃음을 쳤다.

"그거야 처음 손님 받을 때 인사치레로 하는 말이지. 솔직히 지금이니까 하는 말이지만, 나 네 얼굴 처음 봤을 때 아주 기절하는 줄 알았다고. 머리털이 죄다 빠졌

무전취식

값을 치를 돈도 없으면서 남이 파는 음식을 먹는 것을 무전취식이라 한다. 세종 1년에 흉년이 들어 강원도에서 굶주려 무전취식을 하는 사람이 많았다. 세종은 그들에게 특별히 세금을 덜어 주었다. 그러나 이런 조치에 반대하는 대신도 있었다. 다음에도 흉년이나 굶주림을 핑계 삼아 또 세금을 내지 않을까 걱정이 되어서였다. 그러나 세종은 굶주린 백성들의 세금도 덜어 주지 않으면 임금으로서 백성들에게 해 줄 일이 뭐가 있겠냐고 단호하게 이야기했다.

길래 전염병 환자인 줄 알았다니까."

주모의 말에 노빈손은 머리를 쥐어뜯었다.

"오오, 이럴 수가. 갑자기 인간에 대한 신뢰가 마구 무너지는 소리가 들리네요. 아줌마의 빈말에 제가 얼마나 상처를 받는 줄 아세요? 그리고 제 머린 빠진 게 아니라 원래 없는 거라구요."

"원래 없는 건지 빠진 건지 내가 알 게 뭐야. 하여간 딱 일주일만 시간을 더 줄 테니까, 그때까지 밀린 밥값이랑 숙박비 계산해. 대충 잡아도 몇 냥이냐, 아이고 머리 복잡해. 그건 니가 계산하고. 하여간 알아서 해!"

"정말 너무하세요."

울먹거리는 노빈손의 면전에 대고 주모는 최후의 일격을 날렸다.

"그리고 말 나온 김에 하는 건데, 그 꼬락서니로 나와 있으면 주막 물 안 좋다고 소문 나니까 방으로 들어가. 얼른!"

입을 삐쭉 내밀고 한마디 하려던 노빈손은 주모의 살기등등한 눈빛에 오싹함을 느꼈다.

어디서 많이 본 눈빛, 그것은 말숙이를 닮아 있었다.

주막 입구에서 노빈손이 방으로 쫓겨 들어가는 것을 멀거니 바라보던 손님 둘이 헛기침을 했다. 허름한 옷차림의 중년 사내와 청년이었다.

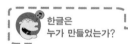

한글은 누가 만들었는가?

흔히 집현전에서 만들었다고 하지만 한글 창제에 참여한 집현전 학자는 정인지, 성삼문 등 몇몇뿐이며, 세자(문종), 수양대군(세조), 안평대군, 정의공주 등 왕족들이 매우 깊숙이 관여했다. 문종 같은 경우 '세자가 공부는 하지 않고 글자나 만지작거린다'며 다른 집현전 학자들의 지탄을 받기도 했으며, 수양대군은 소헌왕후의 명복을 빌기 위해 몸소 석가의 일대기를 한글로 번역하기도 했다.

쥐 몰듯 노빈손을 몰아세우던 주모는, 언제 그랬냐는 듯 표정을 환하게 바꾸어 반갑게 알은체를 했다.

"아이고, 정말 오랜만에 오셨네요. 그동안 별고 없으셨죠?"

주모의 호들갑스러운 마중에 중년 사내는 사람 좋은 웃음을 지었다.

"답답해서 바람 좀 쐬러 나왔네. 밥 좀 줘. 오전 내내 걸었더니 지나가는 소가 갈비찜으로 보이는구먼."

"호호호. 농담도 잘하셔. 들어가 계세요. 앉아 계시면 바로 대령합니다요."

손님들이 방으로 사라지자, 평상에 앉아 있던 갓 쓴 사내가 기다리고 있었다는 듯 혀를 찼다.

"쯧쯧, 꼴이라도 좀 제대로 하고 다니지, 옷차림하고는."

맞은편에 앉은 사내가 궁금한 듯 말을 받았다.

"왜, 아는 사람이야?"

갓 쓴 사내는 타박조로 대꾸했다.

"저 사람을 몰라? 그 유명한 순평군 아닌가."

"왕실 최고의 머저리라는 그 순평군 말인가?"

맞은편 사람이 눈을 크게 떴다. 갓 쓴 사내가 누가 들을세라 손가락을 입에 가져다 댔다.

"어허, 이 사람. 아무리 그래도 왕족에

순평군은 실제 인물?

그렇다. 본문에 나온 대로 정종의 둘째 아들이다. 종학을 다닐 무렵의 나이가 마흔을 넘은 상황이었고 일자무식이었다고 전해진다. 그러나 왕족이 일자무식이라니 좀 이상하지 않은가. 개국 초기인지라 왕위 쟁탈전이 치열했고 왕족의 목숨은 추풍낙엽 신세였다고 하니 어쩌면 생존을 위한 고도의 위장 전술이 아니었을까. 이 책에 등장하는 순평군은 이런 추측을 기반으로 재구성한 인물이다.

게 머저리라니. 입 조심하게."

"순평군이 띨하다는 건 조선 팔도가 다 아는 사실인데 뭘 그러나."

"하긴 얼마 전 종학에서 또 웃음거리가 되었다고 하더군."

"그건 또 무슨 얘기야. 종학에서 웃음거리가 되었다니?"

갓 쓴 사내는 웃음부터 터트렸다.

"글쎄, 『효경』의 첫 장인 '개종명의開宗名義'를 공부하는데 그 넉 자를 못 외워서 앞의 개종 두 글자만 하루 종일 중얼거렸다고 하더구먼. 개구리처럼 개종 개종 하면서 말이야. 그런데 종학을 마치고 가는 길에 하인에게 묻더래. 내가 아까 외우던 것이 개… 뭐라고 했지? 하고 말이야. 진정 인간의 머리가 아니라니까."

"호호호, 두 글자를 못 외우다니 정말 어이가 없군. 머리가 아니면 그럼 대가리인가?"

소곤거리며 흉을 보던 둘은 기어이 웃음을 참지 못하고 배를 잡은 채 폭소했다.

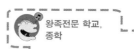

왕족전문 학교, 종학

일 없이 세월을 보내면서 방탕함을 일삼는 왕족 때문에 왕실의 체면이 깎일 것을 염려하여 만든 왕족전문 교육기관이다. 왕족이라는 신분 때문에 공부를 해 봐야 과거 시험을 볼 수 있는 것도 아니었으니 천성적으로 공부를 좋아하는 사람이 아니라면 참으로 괴로웠을 것이다. 세종 때 창립되었으며 가끔 시험을 보거나 출석 체크를 해서 벌을 주었기 때문에 왕족들의 스트레스 제1호였다.

사라지는 사람들

살짝 열린 주막 뒷방 문으로 둘의 대화가 남김없이 흘러 들어가고 있었다.

정작 당사자인 순평군보다 오히려 청년이 더 기분 나쁜 눈치였다.

"드디어 대가리 소리까지 들으셨습니다."

"허허."

"대감께서는 참 속도 좋으십니다. 웃음이 나오세요? 북어 대가리, 멸치 대가리, 돼지 대가리와 한 가족이 되셨는데요."

"허허."

"듣자 하니 대감의 호를 허허라고 한답니다."

"허허."

"내참."

끝없이 이어지는 순평군의 허허 타령에 청년도 그만 손을 들고 말았다.

정종의 네 번째 비, 숙의 기씨의 소생인 순평군은 덜 떨어진 행동과 모자란 머리로 유명했다.

순평군의 아버지 정종

조선의 2대 임금으로 태조 이성계의 둘째 아들이다. 실권이 모두 방원(나중에 태종)에게 있었기 때문에 명목상의 왕 노릇을 2년여 하다가 방원에게 자리를 물려주었다. 왕위에 있는 동안에도 국사를 돌보기보다 격구 등 오락에 열중했는데 이는 권력에 욕심이 없음을 보여 주고 목숨을 보전하기 위한 위장 전술이었다. 왕위에서 물러난 후 오히려 느긋하게 여생을 즐겼다니, 왕이라고 다 좋은 건 아닌가 보다.

그러나 덕분에 좋은 점도 있었다. 혹시라도 역모에 엮이는 것을 방지하기 위해 왕실의 피붙이들이 수감 생활이나 다름없는 궁 생활을 한 반면, 그는 아무 때나 자신이 나가고 싶으면 궁을 나갈 수 있었다. 역모는 고사하고 어쨌거나 왕족이라면 줄을 대고 싶어 하는 사람이 하나쯤 있을 법도 한데, 순평군 주변에는 병든 개 한 마리 찾아볼 수 없었기 때문이다.

오늘 건춘문을 빠져나올 때 수비를 맡

은 군관이 모른 척 딴 데를 보고 있었던 것도 순평군에게만 암묵적으로 주어지는 특혜 아닌 특혜였다.

방문이 열리고 주모가 소반을 든 채 고개를 들이밀었다.

"문이 열려 있었네? 약주는 안 하세요?"

"오늘은 별로 생각이 없는데……."

그러나 소반을 본 순평군은 바로 말을 바꿨다. 상 위에는 국밥과 함께 파전이 놓여 있었던 것이다.

"안주만 먹으면 아무래도 목이 메겠지? 한 병 가져오게."

주모는 그럴 줄 알았다는 듯 눈웃음을 치더니 치마폭에서 미리 준비해 온 호리병을 꺼냈다.

"허허, 닭은 알을 낳고 주모는 술병을 낳는구먼."

순평군의 즐거운 탄성을 듣는 듯 마는 듯 청년이 툭 말을 꺼냈다.

"밖에서 떠들던 두 사람 말이오."

간드러지게 눈웃음을 흘리던 주모는 청년의 말에 어쩔 줄을 몰랐다.

"들었어? 내가 입단속 하라고 그렇게 주의를 주었는데……."

"아니, 탓하려는 건 아니고. 대감을 험담하던 자가 혹시 앞니 사이가 벌어지고 삐삐 마른 데다가 입이 크고 콧대는 낮아 들창코 아니오?"

주모는 놀라 술병을 떨어뜨릴 뻔했다.

경복궁의 동문, 건춘문

전체 모습이 직사각형인 경복궁에는 건춘문, 영추문, 광화문, 신무문 등 모두 네 개의 문이 있었다. 건춘문은 동쪽 문으로 봄을 상징하며 천장에는 봄을 상징하는 청룡이 그려져 있었다. 문 안에 왕세자가 기거하던 춘궁이 있었고 왕의 종친이나 상궁들만 출입이 가능했다. 건춘문과 신무문은 원형 그대로이지만 광화문과 영추문은 콘크리트로 복원한 것이다.

"아니, 그걸 어떻게?"

청년은 그럴 줄 알았다는 듯 고개를 끄덕였다.

"오래전부터 벼슬을 하려고 기웃거리는데 여전히 집에서 놀고 있는 팔자고."

"어떻게 보지도 않고 그걸 알아?"

소스라치게 놀라는 주모에게 청년은 담담하게 말했다.

"목소리가 끈적끈적한 것을 보니 마음속에 음모가 들어 있군. 발음이 새는 것은 앞니가 부러진 탓일 테고. 성격이 폭력적이라 욱하며 싸우다가 그리 된 것이지 않겠소? 그걸 알아본 면접관들이 벼슬을 주지 않았을 것이고."

주모는 완전히 귀신에 씌운 듯한 표정이었다.

"…내가 오래 봐서 아는데 정말 그런 사람들이야. 총각, 정말 대단하네. 그 길로 나가도 되겠어."

"감탄 그만하고 술이나 이리 주게."

순평군은 주모에게 나가 보라는 손짓을 하고는 청년을 쳐다보았다.

"이제는 목소리만 듣고도 관상을 보는구나."

"오래 관찰하다 보니 힘 안 들이고도 그렇게 되네요."

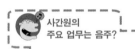

사간원의 주요 업무는 음주?

사헌부와 사간원은 둘 다 관리들에 대한 탄핵권이 있는 막강한 기구였으나 사헌부가 언론 기능 외에 수사권까지 있었던 반면 사간원은 오로지 언론 기능뿐이었다. 그 때문인지 사헌부는 위아래가 철저하고 기강이 센 반면 사간원은 윗사람과 아랫사람 간에 허물이 없었다. 자유분방한 사간원의 특징은 술 마시는 일에도 유난했는데 학자였던 서거정은 '사간원의 주요 업무는 술 마시는 일'이라 꼬집기도 했다. 그럼에도 사간원이 존경을 받은 이유는 벼슬아치는 물론이고 임금에게도 쓴소리를 마다하지 않는 강직함 때문이었다.

"관찰도 재주다. 아무나 되는 건 아니지."

잔이 넘치도록 술을 따르던 순평군은 갑자기 생각난 듯 청년에게 물었다.

"저기 말이다."

"최하원 말씀이십니까?"

"엇! 어떻게 알았냐? 내가 그 사람 얘기하려던 거?"

"생각까지야 알겠습니까. 그저 대감 입 모양이 그리 보여서 넘겨짚은 거지요."

"그래, 그 사람. 아직도 소식이 없나?"

"네. 일주일이 좀 넘었습니다."

"이상한 일이구먼. 그럴 사람이 아닌데."

"납득이 안 가기로 치면 얼마 전 김용하, 박무림도 마찬가지지요."

"허허, 피치 못할 사정이 있으면 전하께 고하고 물러가면 될 것을, 무례하게 한마디 말도 없이 떠나다니."

"전부 상의원 소속인데다 전하께서 아끼시던 사람들입니다."

청년의 지적에 순평군의 눈빛이 예리하게 반짝였다. 평상 위의 사내들이 비웃던 것과는 달리, 말투로 보나 눈빛으로 보나 멍청하기는커녕 날카로워 손을 벨 지경이었다.

"최하원이면 목멱산(남산) 아래 버드나무 길 네 번째 집이다. 김용하는 마포나루 소금 가게

상의원은
뭐 하는 곳?

상의원은 조선 시대 관청으로 임금의 의복과 궁중에서 사용되는 일용품과 금은보화를 공급하는 일을 맡아 보았다. 복식 등을 만드는 공장들이 많이 소속되어 있었으며, 1439년(세종 21년)에는 일하는 사람이 무려 460여 명이나 되었다.

옆집이고, 박무림은 말죽거리 방앗간 아랫집."

청년은 감탄한 듯 탄성을 질렀다.

"사는 곳을 어찌 다 아십니까?"

"예전에 관료들 주소록을 한번 읽어 본 적이 있다. 억지로 잊어버릴 수는 없잖나."

"돌아가는 대로 죽 둘러보겠습니다."

 땅따먹기 수수께끼

방을 나온 청년은 주막 안을 둘러보았다. 험담을 하던 사내 둘은 이미 자리를 뜨고 없었다.

주모가 다가와 호기심 어린 표정으로 말을 붙였다.

"점쟁이 총각, 뭐 부족한 거라도 있으셔?"

> **조선 사람들의 햇빛 가리개**
>
> 조선 시대의 가장 대표적인 햇빛 가리개라면 삿갓일 것이다. 갈대나 대오리로 거칠게 엮은 삿갓은 원료가 흔하여 값이 싸고, 만들기도 어렵지 않기에 널리 사용되었다. 대개 농군들이 햇빛을 피하기 위해 썼기 때문에 농립이라고도 하였다. 그 외에 승려나 방랑객들도 즐겨 찾았다.

"대감께서 혼자 계시고 싶어 하시는 것 같아서……."

주막을 둘러보던 청년의 눈에, 마당 구석에 쪼그리고 앉아 있는 기이한 물건(?) 하나가 들어왔다. 아까 주모에게 닦달을 당하던 노빈손이었다.

주모는 보는 것만으로도 싸증이 난다는 듯 휘휘 손을 내저었다.

"아우, 저거 또 나와 있네. 방에 처박혀 숨만 쉬고 있으라 했더니."

청년은 주모의 말을 귓등으로 흘려들으며 호기심에 찬 눈길로 노빈손을 바라보았다. 꼴도 꼴이지만 먹 바른 창호지를 댄 개나리 줄기를 얼굴에 걸치고 있는 것이 여간 기이해 보이지 않았던 것이다.

"몰골도 어수선한데 거기다 나뭇가지까지 쓰고 설상가상이로다."

청년에 말에 노빈손은 슬그머니 고개를 돌렸다.

"뭘 모르시네. 이 인물에 멋까지 부렸으니 금상첨화 아닐까요?"

"어쭈. 말대답까지? 근데 네 녀석이 쓰고 있는 거, 그건 뭐냐?"

"햇빛 가리개올시다. 맨눈으로 해를 보자니 안구에 무리가 오는 것 같아 한번 만들어 본 거죠."

"그거 나도 한번 써 보자."

청년은 노빈손이 건네는 개나리 줄기를 받아 코끝에 얹어 보았다.

하늘을 올려다보니 과연 눈이 여간 편한 게 아니었다.

"간단한 원리지만 기특하네. 이걸 지금 생각해서 만든 거냐?"

"이까짓 게 생각할 건더기나 있나요."

노빈손은 은근히 청년을 무시하는 투로 설렁설렁 대꾸했다.

예민한 청년이 그걸 눈치채지 못할 리 없었다. 청년의 말투가 까칠하게 변했다.

"어린 놈이 잔재주 좀 있다고 건방지구나.

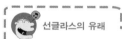

선글라스의 유래

550년 전 중국에서는 재판관들이 선글라스를 썼다. 속마음이 드러나는 눈을 숨겨야 했기 때문이다. 안경 렌즈를 검게 그을려 썼던 중국의 관습이 1932년 바슈롬사의 레이밴(ray ban)이라는 이름으로 상품화된다. 20세기 초 대서양을 횡단하던 비행사들의 골칫거리였던 태양 광선과 구름의 반사 광선 그리고 두통, 구토 등을 막기 위해서였는데 색상은 눈을 가장 편하게 해주는 녹색이었다.

여기서 뭘 하는 게냐?"

매번 받는 질문이지만 이럴 때가 제일 싫었다.

내 이름은 노빈손인데 규장각 할아버지의 말을 듣고 조선 시대로 날아온 지 벌써 일주일도 넘었으며, 주막에서 기다리고 있으면 누가 나타날 것인데 그 사람을 도우라는 밀명(?)을 받았다는 그 복잡한 사연을 어찌 몇 마디로 설명한단 말인가.

노빈손이 우물거리자 청년도 관심 없다는 듯 질문을 거둬들였다.

"대답하기 싫으면 말고."

노빈손이 히죽 웃는데 별안간 주막 바깥쪽에서 시끄러운 소리가 들려왔다.

"세상에 이런 억지가 어디 있소? 분명 약속한 땅을 드렸는데 더 내놓으라니."

"억지라니? 누가 봐도 작아 보이는 걸 가지고 우기는 건 바로 너라고. 당장 내가 말한 땅을 내놔."

밖을 보니 턱수염이 난 젊은 사내 하나가 허약해 보이는 중늙은이의 멱살을 틀어잡고 있었다. 곁에서 지켜보던 주모가 혀를 찼다.

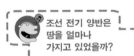

조선 전기 양반은 땅을 얼마나 가지고 있었을까?

대략 2~300마지기 정도이나 2,000마지기 이상 가진 사람도 있었다. 논 한 마지기의 넓이는 660㎡ 정도. 한 말의 씨를 뿌려 농사를 지을 수 있는 땅이란 의미인 마지기와 같은 뜻으로 두락도 사용하였다.

"빚을 진 게 있어서 대신 땅을 주기로 한 모양인데 그게 좀 문제가 생겼나 보네."

이야기를 들어 보니, 아버지가 진 빚을 땅으로 대신 갚기로 했는데 받는 쪽에서 땅이 작다고 투덜거리는 모양이었다. 네모꼴의

땅과 동그란 모양의 땅이 있는데 굳이 동그란 모양의 땅을 달라는 거였다. 두 땅에서 나오는 수확량이 같으니까 땅의 크기가 같다는 값는 쪽의 해명과, 동그란 땅이 더 큰데 수확량으로 눈속임을 하고 있다는 밭을 쪽의 주장에 누구 하나 시원한 해결책을 내놓지 못하고 있었다.

"그냥 달라는 대로 주면 안 되나?"

청년의 말에 주모가 안타깝다는 표정을 지었다.

"하필 동그란 땅에 아버지 묘를 모셨더라구. 그러니 땅을 파고 이장을 해야 하는데 자식 입장에서 그러고 싶겠어?"

사태를 지켜보던 노빈손이 슬그머니 끼어들었다.

"저기, 잠깐만요."

갑자기 등장한 불청객에 턱수염의 사내는 인상을 찌푸렸다.

"넌 또 뭐야?"

"별것도 아닌 일에 동네 사람끼리 멱살이나 잡고 그래서야 되겠어요. 제가 땅 두 개 중 어떤 게 더 큰지 한번 계산해 보면 안 될까요?"

노빈손의 말에 구경 나온 사람들이 쑥덕거렸다.

"아니, 하나는 동그랗고 하나는 네모난데 그걸 어떻게 계산한다는 거지?"

"괜히 참견했다가 매나 벌게 생겼구먼."

다들 걱정하는 표정이 역력한 가운데 오직 청년만이 흥미진진한 얼굴로 두 사람과 노빈손을 지켜보고 있었다.

노빈손은 대뜸 땅바닥에 나뭇가지로 원을

임금의 곳간, 내탕고

조선 시대에 임금의 개인적인 재물을 보관하던 곳간. 왕실의 재물인 금, 은, 비단 등을 관리하였으며 천재지변 등 각종 재해와 기근이 있을 때 그 재물로 백성을 구제하였다. 관리에게 상을 주거나 책을 펴내는 비용 등에도 사용되었다.

하나 그리고는 원 안에 네 개의 선을 그어 원을 여덟 등분 했다.

노빈손의 손을 따라가던 사람들은 도저히 납득할 수 없다는 듯 다시 수군거리기 시작했다.

"저게 도대체 뭘 하는 짓이지?"

인내심이 바닥난 턱수염이 벌컥 화를 냈다.

"야, 이 녀석아. 그게 지금 우리 문제랑 무슨 상관이야?"

에구, 귀청이야. 이 아저씨, 보청기를 빼고 나오셨나. 왜 악은 쓰고 그러신담.

귀를 문지르며 노빈손은 특유의 어눌한 말투로 설명을 해 나갔다.

"보세요. 이렇게 하면 동그라미를 여덟 개로 쪼갤 수 있죠? 다음에는 이 조각들을 동그라미 안에서 꺼내 이렇게 만들어 볼게요."

노빈손은 피자 조각처럼 나누어진 삼각형을 엇갈리게 옮겨 그려 사각형 모양을 만들었다.

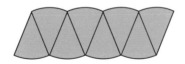

"우아~."

사람들은 순식간에 동그라미를 네모꼴로 바꿔 놓은 노빈손의 재주에 감탄하였다.

"이러면 동그란 땅의 크기를 잴 수 있걸랑요. 가서 한번 해 보면 아마 어떤 게 더 큰지 알 수 있을 거고요."

턱수염은 그제야 납득이 간다는 듯 멱살을 풀었다.

"이봐, 내가 이 친구 방법에 동의를 한 것뿐이지, 아직 애기가 끝난

건 아니라고. 알았어?"

턱수염은 카악 하고 침을 뱉더니 자리를 떴다.

"고맙네, 젊은이."

멱살을 잡혔던 중늙은이가 노빈손에게 고맙다고 연신 고개를 주억거렸다.

"고맙긴요. 근데 이 동네는 위아래도 없나? 어떻게 젊은 사람이 나이든 어른한테 막말을 하고 그러실까."

노빈손의 말에 구경하던 사람들의 표정이 딱딱하게 굳어졌다.

주모가 대뜸 노빈손의 팔을 꼬집었다.

아얏, 이 아줌마 왜 이래?

"모르면 가만있어. 이 영감은 고려 유민의 자손이라고. 조선 개국을 끝까지 반대하다가 미움을 산 거지. 그래서 불리한 일을 당해도 참고 사는 거고. 그나저나 제법이네. 굼벵이도 구르는 재주가 있다더니."

고려 유민? 그건 또 뭐야?

기특해하는 구경꾼들과는 달리 청년은 여전히 가소롭다는 표정이었다.

"어설픈 잔재주로 우쭐대는 게 취미인 모양이구나. 그것도 방금 생각해 낸 거냐?"

"물론이죠. 뭐, 더 쉬운 방법도 있지만요."

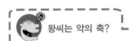

왕씨는 악의 축?

태조 이성계는 조선을 세운 후 고려의 지배 계급이었던 왕씨들을 강화도와 거제도로 유배시켰다. 그러나 사헌부를 중심으로 '왕씨는 악의 축입니다'라는 상소가 계속 올라왔고 결국 왕건의 후예들은 대부분 바다에 던져져 비참한 최후를 맞았다. 태조의 꿈에 나타난 왕건은 '네가 내 자손들을 모조리 죽였으니 복수가 있을 것이다'라고 저주했다고 한다. 그래서 태조의 아들끼리 서로 죽여 가며 왕위 쟁탈전을 벌였던 것일까?

"더 쉬운 방법이라. 그게 뭔데?"

노빈손은 눈을 흘겼다. 뭐야, 이건. 꼬치꼬치 캐묻는 수준을 넘어 거의 취조 수준이네?

노빈손은 팔짱을 낀 채 별것 아니라는 듯 심드렁하게 설명을 했다.

"원둘레와 지름 간 길이의 비율은 3.14입니다. 그래서 반지름 제곱에 3.14를 곱하면 원 전체의 넓이가 나오죠. 만약 원 가운데에서 원 끝까지가 다섯 보라면, 다섯 보를 두 번 곱하고 3.14를 곱하면 바로 답이 나온다구요."

노빈손의 말에 청년은 머릿속으로 뭔가를 따져 보는 눈치였다.

잠시 눈을 감고 있던 청년의 표정이 살짝 흔들렸다.

"허어, 그런 수가 있었네."

청년이 노빈손과 대화를 나누는 사이 어느샌가 순평군이 뒤에 와 있었다.

"대감, 이 녀석이……."

"나도 다 봤다. 애야, 너 궁궐에서 살지 않을래? 아까 보니 숙박비도 못 내서 쫓겨날 판이던데."

겨우 궁궐로 나를 유혹하시려고? 하하, 정말 웃기네. 아저씨들, 내가 이래봬도 정조 임금님과 야참도 같이 먹은 사이라니까요.

노빈손은 택도 없다는 듯 씩씩하게 고개를 저었다.

수학 교육을 장려한 세종

일상생활에서야 주먹구구 산수만 사용될지 몰라도, 국가를 운영하는 데에는 정교한 계산이 필요했다. 세종은 특히 수학 연구와 교육에 열성이었다. 습산국이나 역산소와 같은 관청을 통해 수학을 전문적으로 교육했고, 중국의 수학책을 들여와 배포했다. 『양휘산법』, 『산학계몽』 등이 조선시대의 기본적인 수학서로 자리잡은 것도 이 때였다.

"곤란한데요. 저는 누구 만날 사람이 있어서요."

순평군은 그런 노빈손의 태도가 오히려 마음에 드는 표정이었다.

"허허, 자세도 나쁘지 않구먼. 궁궐에 가자면 아이고 감사합니다, 하고 바로 따라나설 인간이 태반인데."

청년이 불쑥 손을 내밀었다.

"인사부터 다시 하자. 나는 장영실이라고 한다. 넌 이름이 뭐냐?"

"자, 장영실이요?"

44

자신을 소개하는 청년의 말에 노빈손은 화들짝 놀라 눈을 크게 떴다.

장씨 성 가진 사람이라더니, 그게 장영실일 줄이야.

"그래. 장영실. 얘가 갑자기 왜 이래. 뭐가 잘못됐냐?"

"저, 궁궐에서 살래요! 살게요! 살게 해 주세요!"

노빈손은 이제 애걸하듯 매달렸다.

분위기를 살피던 주모가 눈치 빠르게 끼어들었다.

"저기 대감, 이 녀석이 저희 집에 묵으면서 돈을 안 냈지 뭡니까."

준비하고 있었다는 듯 순평군은 품에서 엽전 꾸러미를 내밀었다.

"이거면 될 걸세."

장영실은 처음보다는 훨씬 누그러진 어투였다.

"좀 전의 계산법은 어떻게 생각해 낸 거냐?"

"어, 그건요……."

빈손은 입이 근질근질 했지만 말끝을 흐릴 수밖에 없었다.

프랑스 수학자 자르투가 원주율 3.14를 고안했고, 그래서 매년 3월 14일을 파이의 날로 정해 축제를 벌인다는 말이 목구멍까지 올라왔지만 그대로 말해 줄 수는 없는 일 아닌가.

대답이 궁해 몸을 비비 꼬는 노빈손의 뒤로 어느새 서쪽 하늘 노을이 발갛게 물들고 있었다.

도천법이 건진 인재 장영실

도천법은 과거 시험과 상관없이 지방관이 인재를 추천하는 제도이다. 1400년 태종 때부터 시행되었으며 노비였던 장영실이 궁에 들어오게 된 것도 동래현감의 천거(추천) 덕분이었다. 학자들이 뽑은 한국의 20대 과학유산 중 6개가 세종 시절에 만들어졌고(앙부일구, 측우기, 자격루, 혼천의, 『칠정산』, 『향약집성방』과 『의방유취』) 그중 무려 5개가 장영실과 연관이 있으니 도천법이 아니었다면 한국 과학은 지금처럼 빛나는 유산을 가지지 못했을지도 모른다.

"여기는 사정전이라고 임금님이 업무를 보시는 곳이야. 저기는 교태전이라고 왕비마마께서 계시는 곳이고……."

궁궐 안내를 해 주는 장영실의 시선을 피해 노빈손은 슬쩍 하품을 했다.

아이참, 따라오기는 했지만, 도대체 내가 이 사람을 도울 일이 뭐람.

궁궐을 한 바퀴 돌아 군기감 쪽으로 향하던 장영실과 노빈손은 이상한 소리에 발걸음을 멈췄다. 덩치가 산만한 사나이가 괴성을 지르며 두 사람 쪽으로 달려오고 있었다.

"우아~~~~."

덩달아 혼비백산 사방으로 흩어지는 병졸들을 보며 노빈손은 혀를 찼다.

"아직 날도 안 더운데 궁 안에 맛이 간 사람이 많네요?"

"한동안 잠잠하더니 또 시작이네. 마침 잘 됐다. 그렇지 않아도 너한테 소개해 주려고 했거든."

"뭐라구요?"

노빈손이 어이없어하는 사이 어느새 코 앞까지 달려온 사내는 버럭 고함을 지르며 노빈손과 장영실을 덮쳤다.

"폭탄이야!"

바닥에 깔린 노빈손은 숨이 막혀 사지

조선 재정의 수입과 지출

대표적인 수입은 조세, 공물, 염전, 광산, 산림, 어장, 상인, 수공업자의 세금이었고 지출은 군량이나 구휼미(어려울 때 백성들에게 나눠 줄 쌀)의 비축, 왕실 경비, 공공행사비, 관리의 월급, 군량미, 빈민 구제비, 의료비 등이었다.

를 버둥거렸다.

'사람 살류!'

그러나 생각뿐이고 입 밖으로 소리가 나오지 않았다. 사내의 풍만한 (?) 가슴이 노빈손의 얼굴을 통째로 눌러 버렸기 때문이다.

노빈손은 사내의 옆구리를 미친 듯이 꼬집었다. 그러나 워낙 살집이 좋은 터라 별다른 아픔이 느껴지지 않는 모양이었다.

'복부 비만이 장난 아니네.'

숨을 죽이고 있던 사내가 조심스럽게 몸을 일으켰다.

"분명히 화약에 불이 붙은 것을 보고 튀어나왔는데?"

노빈손은 헉헉대며 심호흡을 했다. 장영실은 한두 번 겪은 상황이 아닌 듯 옷을 툭툭 털고는 사내를 타박했다.

"또 폭탄 실험 했어요? 그런 건 좀 멀리 나가서 강변 같은 데서 하시라니까, 꼭 궁 안에서 하시더라."

"아닌데. 분명 내가 불을 붙였는데."

미심쩍은 듯 뒤를 돌아보며 고개를 갸웃거리던 사내는 그제야 노빈손의 존재를 알아보곤 조심스럽게 물었다.

"이놈은 누구…시더라?"

"마실 나갔다가 우연히 발굴한 과학 영재예요. 산술이 보통이 아닙니다."

장영실의 말에 사내는 전혀 신뢰가 안 간다는 듯 노빈손을 아래위로 훑었다.

장영실이 관노였다고?

관노란 노비 중에서도 관청에 묶여 있던 종들을 가리키는 말이다. 노비의 노는 남자 종을 말하고 비는 여자 종을 가리킨다. 장영실의 경우 어머니가 관비였기 때문에 자신도 관노의 신분에 매일 수밖에 없었다.

"산술은 모르겠고…. 생긴 건 보통이 아니네. 하여간 반가워."

외모 때문에 겪는 설움이야 어제 오늘 일도 아니고, 노빈손은 나름 싹싹하게 인사를 올렸다.

"저, 노빈손이라고 합니다요."

"이름도 만만치 않군. 부하 중에 만복이, 칠득이, 병팔이 같은 이름을 가진 놈들이 있는데 애한테 비하면 양반이야."

아니, 이 아저씨가?

슬슬 혈압이 올라가는 노빈손에게 장영실은 빙글빙글 웃으며 부채질을 하고 있었다.

"내가 듣기에도 아주 틀린 말은 아니네. 가자. 작업실에 가서 제대로 인사를 올려야지."

헉! 이 사람들이 아주 콤비 플레이로 사람을 물먹이네.

작업실 폭발

"우아, 이게 다 뭐예요?"

작업실 안을 둘러보던 노빈손은 벌어진 입을 다물지 못했다.

사내의 작업실 안은 그야말로 무기 전시장을 방불케 했다. 직업이 무기 도매상이 아닐까 싶을 정도였다. 바닥에는 발 디딜 틈도 없이 각종 부품이 어지럽게 널려 있었고, 중앙 한가운데에는 커다란 대포까지 놓여 있었다.

"원래 여긴 아무나 못 들어오는 데야. 전하께서 특별히 만들어 주신 곳이지. 나하고 영실이만 출입이 가능한데 자네는 오늘 특별 입장일세."

뽀얗게 먼지가 쌓인 포신을 바라보던 장영실은 안쓰럽다는 듯 중얼거렸다.

"이 녀석은 개점 휴업 상태네요."

사내는 한숨을 내쉬었다.

"대포만 있으면 뭐해. 화약이 없는걸."

"그건 무슨 말씀이세요?"

"얼마 전에 사직한 최하원이 있잖은가?"

사내는 장영실의 귀에 대고 속삭이듯 말했다.

"실은 최하원이 신종 화약을 개발하고 있었거든. 최하원이 손을 놔 버리니 덩달아 대포도 멈춘 거지……. 자, 일 얘기는 나중에 하고."

사내는 씩 웃고는 책상 구석에 놓인 술병을 들고 왔다.

"신입이 들어왔는데, 요 대목에서 한잔 안 하면 섭섭하지."

사내는 장영실과 노빈손의 앞에 세숫대야를 놓고 술을 콸콸 부었다.

설마 나보고 저걸 마시라는 얘기는 아니겠지.

평소 보리밭만 지나가도 정신이 혼미해지는 선천성 알콜 분해 효소 결핍증 환자인 노빈손은 긴장한 나머지 침을 꿀꺽 삼켰다.

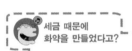

세금 때문에 화약을 만들었다고?

최무선의 아버지는 세금 걷는 관리였는데 왜구들이 침입하면 그 지역에서 세금을 걷는 것이 어려웠다. 곁에서 지켜보던 아들, 최무선은 왜구 퇴치용으로 화약 무기를 구상했지만 정작 화약 만드는 법은 알 수 없었다. 최무선은 중국 상인들을 통해 화약 제조법을 배웠는데 당시 화약의 원료는 유황과 숯 그리고 염초였다. 이 중 가장 어려운 것이 염초의 제작으로 1377년 최무선은 코피 나는 실험 끝에 염초 제작에 성공했다.

그런 노빈손의 반응을 제 편한 대로 해석한 사내는 호탕하게 웃었다.

"음핫핫! 그 녀석 마음에 드는데? 난 이렇게 술만 보면 군침 넘기는 놈이 제일 귀엽더라. 아참, 소개가 늦었군. 나, 최해산이야."

장영실이 설명을 달았다.

"고려 때부터 유명한 폭약과 대포 전문가 집안이지. 아버님은 최무선이라고 말이지……."

'뭐, 최무선? 이 산적 같은 아저씨가 최

무선의 아들이라고?'

노빈손이 속으로 놀라는 사이 사내는 손짓으로 장영실을 만류했다.

"아아, 아버지 얘기는 그만! 어릴 적부터 맞아 가면서 화약 제작을 배운 거 생각하면 지금도 오줌이 찔끔 나온다니까."

"하하, 제가 깜빡했네요."

"자, 그럼 건배!"

분위기에 휩쓸린 노빈손은 울상을 지으며 잔을 치켜들었다.

순간 장영실이 코를 벌름거렸다.

"냄새가 나는데요?"

최해산은 술잔에 코를 대고 냄새를 맡았다.

"뭔 냄새가 난다고 그러셔. 내가 보기엔 싱싱하구먼."

"아니, 그게 아니라 방 안에서 화약 냄새가 난다구요."

"널린 게 화약인데 당연히 나지……."

주변을 둘러보던 최해산의 얼굴이 조금씩 굳어졌다.

방구석에 놓인 화약 더미 위에 아직 꺼지지 않은 불씨가 반짝반짝 빛을 발하고 있었던 것이다. 최해산은 마치 불씨가 듣기라도 하는 양 작은 목소리로 말했다.

"아까 내가 말한 게 저거였다니까."

덩달아 장영실도 목소리를 낮췄다.

"그럼 잘 껐어야죠. 화약 만지는 사람이 그

조선의 무기 전문가, 최해산

1380년(우왕 6)~1443년(세종 25). 조선 초기의 무신·화기 전문가. 아버지로부터 전수받은 비법과 재능을 바탕으로 화약 병기의 발명과 군장비의 보강·발전에 크게 기여했다. 화포 준비인과 발사인을 구별하여 목표물에 따라 화포의 방향각을 조절할 수 있게 하는 등 화포를 발전시켰고 그가 만든 화포를 바탕으로 1445년 조선 특유의 형식과 규격을 갖춘 새 화포가 만들어졌다.

리 조심성이 없나."

으으, 출발부터 이 무슨 끔찍한 시추에이션이냐.

진저리를 치는 노빈손과 달리 두 사람의 대화는 한가하기 짝이 없었다.

"덮칠까? 튈까?"

"아직 불붙기 전이니 덮치는 게 나을 거 같아요."

"누구 차례지?"

"형님 하실 차례인데요."

"이상하다? 지난번에 내가 한 거 같은데?"

"얼마 전에 제가 술 한 동이 가져다 드렸잖아요. 그래서 형님이 한 번 더 하시기로 했어요."

"아하, 그랬지."

"이거 참, 매번 적어 놓을 수도 없고."

듣다 못한 노빈손이 버럭 소리를 질렀다.

세종 시대를 빛낸 과학자들

세종에게 장영실만 있었던 것은 아니다. 세종 시대의 뛰어난 과학자라면 이천과 이순지도 있다. 금속기술자이자 무신이었던 이천은 혼천의나 앙부일구 등 천체 관측 기구를 함께 제작했고 금속활자나 무기 개발도 감독했다. 이순지 또한 조선 고유의 역법 체계를 완성하여 천체의 운행을 한반도의 하늘에 맞게 계산할 수 있도록 『칠정산내외편』을 지었다.

"아주 피를 말리시네. 누구 차례인지는 나중에 따지고 일단 저 불씨부터 어떻게 좀 해 보세요!"

그제야 화약 쪽으로 눈길을 돌린 최해산은 혼잣말처럼 중얼거렸다.

"근데 영실아, 몸으로 눌러 끄기에는 이미 늦은 거 같다만……."

최해산의 말이 채 끝나기도 전에 폭음과 함께 눈앞에서 섬광이 번쩍였다.

콰광!

우르릉 펑!

와장창창!

요란한 굉음과 함께 방 안 가득 연기가 피어올랐고, 서까래가 흔들리면서 벽에 매달려 있던 각종 장비들이 바닥으로 떨어졌다.

"아이고~~."

노빈손은 손으로 머리를 감싼 채 구석으로 엉금엉금 기어갔다. 뛰어나가고 싶었지만 연기가 자욱해서 어디가 출구인지 알 수 없었다.

그때 누군가 노빈손의 몸을 뒤에서 감싸 안았다. 장영실이었다. 혹시라도 파편이 튈까 봐 노빈손을 보호하려고 그런 것 같았다.

화약이 제대로 터지지 않았는지 다행히 추가 폭발은 없었다.

옷에 묻은 먼지를 털어 내며 장영실은 인상을 찌푸렸다.

"목숨이 여러 개도 아니고 매번 이게 무슨 꼴이래. 야, 괜찮아?"

"네, 괜찮아요. 영실이 형."

따뜻한 배려에 눈시울이 붉어진 노빈손은 감동의 눈길로 장영실을 바라보았다. 그러나 장영실의 반응은 무덤덤하기 짝이 없었다.

"나도 처음 화약 폭발 때 해산이 형님이 막아 줬거든. 다음에 너도 누군가에게 해 주면 돼."

"…네."

조선 군인들은 고글을 썼다?

조선 숙종 때의 기병부대인 금위영의 병사들은 전투에 앞서 적진 쪽으로 석회 가루나 쇳가루를 날렸다. 적이 앞을 못 보고 허둥댈 때 공격을 하기 위해서다. 바람의 방향이 갑자기 바뀌거나 이미 석회 가루가 뿌려진 적진에서 전투를 하기 위해 눈을 보호하는 풍안경을 썼다. 수정을 갈아 만든 풍안경은 우리나라 역사상 최초의 화학전 필수 장비였다.

장영실의 썰렁한 반응에 머쓱해진 노빈손은 대포를 끌어안은 채 포신 위에 엎드려 있는 최해산을 보고 눈을 크게 떴다.

"저건 또 무슨 자세래요?"

"대포가 상할까 봐 몸으로 막고 있는 거다. 사람이 쇠를 보호한답시고 저러고 있으니 대포가 웃을 일 아니냐?"

최해산은 한 술 더 떴다.

"모르시는 말씀. 나한테는 자식보다 더 귀한 놈이야."

"형수님 들으시면 화내겠어요. 그나저나 술이 날아갔네요."

장영실은 입맛을 쩝쩝 다셨다. 최해산은 의미심장하게 웃더니 마룻바닥 한 장을 뜯어냈다.

아니 이런!

미리부터 생각하고 마련해 둔 듯 널찍한 바닥 아래에 술병들이 가득 들어 있었다.

"우리가 또 이런 건 잘 챙겨 두지. 흐흐."

도저히 웃음이 나올 상황이 아닌데도 최해산과 장영실은 낄낄대며 웃었다. 할 말을 잃은 노빈손을 향해 최해산은 눈을 찡긋해 보였다.

"원래 인생이란 도전인 거야. 한 치 앞을 알 수 없는 위험한 도전."

말을 마친 최해산은 장영실과 건배를

> **소주가 최고급 술이라고?**
>
> 지금은 서민의 대표적인 술이지만 원래 소주는 황제나 제후가 마셨던 최고급 술이었다. 소주는 세 번 증류한 술 혹은 잡물이 섞이지 않은 술이라는 뜻이다. 원래는 곡류를 증류하여 만드는 증류식이었다가 물에 알코올과 감미료를 타는 희석식으로 바뀌면서 가격이 낮아져 누구나 즐길 수 있게 되었다. 미국의 '대학 사전'에는 소주를 쌀에서 증류한 한국의 보드카라고 설명하고 있다.

하고는 홀짝 술을 털어 넣었다.

"생사의 고비를 넘고 난 뒤에 마시는 한 잔의 술. 이 맛 때문에 내가 산다니까."

"옳소!"

장영실이 장단을 맞췄다.

"도대체 시끄러워서 일을 할 수가 없네."

불쑥 들려 온 낯선 목소리에 세 사람은 일제히 고개를 돌렸다.

"전하!"

장영실과 최해산은 그 자리에 엎드려 절을 올렸다. 노빈손만 멍하게 선 채 소리 난 쪽을 바라보았다. 곤룡포를 입은 통통한 사나이가 이맛살을 찌푸리며 손으로 먼지를 거둬 내고 있었다.

헉! 전하라고? 그럼 저 분이 바로 세종대왕?

"하루가 멀다 하고 폭탄이 터지니 이게 무슨 전시 상황도 아니고."

장영실이 작은 목소리로 말했다.

"야, 너도 빨리 엎드려."

노빈손은 장영실의 말에 재빨리 바닥에 엎드렸다.

세종은 최해산이 살짝 감추고 있던 술병을 빼앗아 들었다.

"해산이 자네, 또 술 마셨나?"

최해산이 더듬더듬 변명을 했다.

장영실의 실제 나이

장영실은 노비였던 탓에 탄생 년도와 사망년도가 기록에 남아 있지 않다. 다만 아산 장씨 종친회에서는 그가 고려 우왕 10년인 1383년에 태어나 조선이 일어나는 혼란기에 어머니와 함께 노비가 되었다고 주장하고 있다. 세종은 1397년생이니 장영실보다 14살이 어린 셈이다. 다만 이 책에서는 독자들의 재미를 위해 장영실을 청년으로 설정하였다.

"사고가 날 때마다 한 번씩 마셔 줘야 다음에 안 죽는다는 아비의 유
언 때문에……."

세종은 껄껄 웃었다.

"거, 핑계치곤 참 고약하군. 아비의 유언이라니 내가 뭐라고 할 수도
없고……."

믿지 않은 듯 최해산을 타박하던 세종은 고개를 갸우뚱하고는 노빈
손을 가리키며 물었다.

"이 아이는 처음 보는 거 같은데?"

장영실이 대신 대답을 했다.

"이번에 순평군 대감께서 발탁한 아이입니다. 보시는 대로, 아니….
보기는 이래도 아주 명석합니다."

"그런데 왜 여기 두었느냐. 여기는 너하고 해산이만 출입이 가능하도
록 해 놓았는데."

장영실은 뒷머리를 긁었다.

"바로 제용감으로 보내야 할 것이나 일단 해산이 형님께 인사를 올려
야 할 것 같아서 그랬습니다. 빈손아, 어서 인사 올려."

노빈손은 무릎을 꿇고는 존경이 듬뿍 담긴 눈길로 세종을 올려다보
았다.

세종대왕님, 한글을 만들어 주셔서 감사해요. 사랑해요. 많이많이 존
경합니다.

어울리지 않게 방실방실 웃고 있는 노
빈손의 면전에 세종은 사정없이 찬물을
끼얹었다.

"허허, 믿을 수가 없네. 젊은 사람이 이렇
게 머리가 없을 수가 있다니……."

헉!

전하, 초면에 이러시면 정말 곤란합지용.

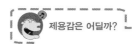

제용감은 어딜까?

각종 직물 따위를 중국 황제에
게 바치는 일이나 옷감을 채색
이나 염색, 직조하는 일 따위를
맡아 보던 조선 시대 관청. 태
조 1년(1392년)에 제용고로 출
발, 태종 9년(1409년)에 제용감
으로 이름을 바꾸었다가 광무
8년(1904년)에 제용사로 개편
해 식료품과 특산물에 관한 사
무를 맡아 보게 했다. 광무 9년
에 없어졌다.

우리 집에 놀러 오시오

서울시 종로구 세종로 1번지. 흠흠, 여기가 어딘지
아는 사람 있나? 바로 경복궁의 행정상 주소야.
과인도 이번에 동사무소 가서 처음 알았네. 그런
데 과인 말고도 훌륭한 임금님들이 많이 계시
는데 길 이름이 세종로라서 좀 면구스럽군. 하여간 이렇게들 찾아 주었
으니 집 안 구경은 시켜 주어야겠지? 잘 듣고 기억했다가 나중에 경복궁
에 오면 눈으로 확인들 해 보게나.

과인과 우리 가족이 사는 집을 궁宮이라고 하며, 궐闕은 궁을 보호하
는 담을 말한다네. 그러니까 궁궐이란 건물인 궁＋담벼락인 궐을 말하는
거지.

서울 지도를 보면 아주 많은 궁궐이 있네. 경복궁, 창덕궁, 창경궁, 경
운궁(덕수궁), 경희궁 등등. 임금은 하나인데 왜 이렇게 궁궐이 많냐고? 그
건 만약의 사태를 대비하기 위해서네. 궁궐이 하나인데 갑자기 불이 나
거나 전염병이 돌면 어떻게 하나?

그래서 임금마다 최소한 두 개의 궁궐이 있었는데 주로 생활하고 일
을 하던 궁궐을 법궁法宮, 예비로 만들어 놓은 곳을 이궁離宮이
라고 불렀지. 과인 같은 경우는 경복궁이 법궁이었고

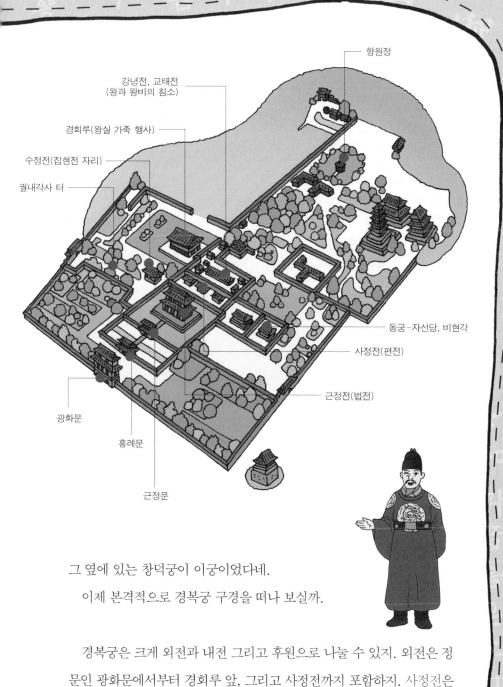

향원정

강녕전, 교태전
(왕과 왕비의 침소)

경회루(왕실 가족 행사)

수정전(집현전 자리)

궐내각사 터

동궁─자선당, 비현각

사정전(편전)

근정전(법전)

광화문

흥례문

근정문

그 옆에 있는 창덕궁이 이궁이었다네.

이제 본격적으로 경복궁 구경을 떠나 보실까.

경복궁은 크게 외전과 내전 그리고 후원으로 나눌 수 있지. 외전은 정
문인 광화문에서부터 경회루 앞, 그리고 사정전까지 포함하지. 사정전은
과인이 업무를 보는 곳이네.

사정전 뒤부터 아미산 앞까지는 내전이라고 하는데 여기는 과인과 부인 그리고 어머님과 왕실 가족들이 생활하는 곳이지. 아미산부터는 후원이네. 일하다 보면 답답하고 바람 쐬고 싶을 때가 있지 않나. 그때 이용하는 일종의 휴식 공간이지. 먼저 외전부터 살펴보자고.

외전 – 공식 공간

외전은 과인이 공식적으로 신하를 만나거나 연회 등 행사를 치르는 곳이네. 정전과 편전 그리고 궐내각사로 이루어져 있지.

정전(근정전)은 법전이라고도 하는데 궁궐 건물 중 가장 크고 위엄이 있는 곳으로 나라의 중요한 행사는 대부분 이곳에서 치르지. 왕의 즉위식, 외교관 접대 같은 행사 말일세. 정전 앞에는 넓은 마당이 있고 회랑이라는 작은 담으로 둘러싸여 있는데 여기를 바로 조정이라고 부른다네. 행사 때 조정 관리들이 이곳에 주욱 서 있곤 하는 모습 보았겠지?

편전(사정전)은 과인의 개인 사무실이네. 일상적인 업무도 하고 책도 보는 공간이지.

궐내각사는 궁궐 안에 있는 정부 부서들을 말하는 거네. 고위 관료들이 회의를 하던 빈청,

편전

과인의 비서실인 승정원, 명의 허준이 근무했던 내의원, 장금이가 나물을 볶던 수라간이 전부 다 궐내각사에 해당되지.

🌀 내전－사적 공간

조선 시대 임금들은 부인하고 각자 방을 따로 썼네. 임금이 생활하는 곳은 정침이라고 하고 왕비가 있는 곳은 중궁전이라고 불렀지. 그리고 어머니나 할머니가 계신 곳은 대비전이라고 한다네.

경복궁의 정침은 강녕전이네. 경복궁의 중궁전은 교태전이었지. 교태전은 왕비의 침실인 동시에 왕비의 업무 공간이라네.

교태전

중궁전은 궁궐에서 가장 깊숙한 곳에 위치하고 있지. 그래서 '구중궁궐'이라는 표현을 쓰기도 한다네. 왕비가 궁 밖으로 나가려면 모두 아홉 개나 되는 문을 통과해야 한다는 뜻이니 얼마나 깊숙이 들어앉아 있는 거겠나. 그러다 보니 여기는 과인의 명령보다 어머니나 할머니 등 왕실 가족 중 가장 높은 분이 더 힘이 있었지.

동궁전

다른 말로 내명부라고도 하네. 내명부 안에서 벌어지는 여인들의 이야기는 드라마나 영화에서 많이들 봤을 걸세. 아주 무시무시하지. 과인도 어지간하면 내명부 일에는 간섭을 안 했다니까.

동궁전은 세자가 생활하는 곳이네. 다음 세대의 왕이 될 중요한 인물이라서 아주 중요하게 관리했지. 다른 말로 동궁東宮 혹은 춘궁春宮이라고 했는데 왜 그랬는지 아나? 해가 동쪽에서 떠서 새 날이 시작되니까 동궁이고 일 년이 새로 시작하는 게 봄이니까 춘궁이었던 게지.

후원-휴식 공간

후원은 궁궐 안의 휴식 공간이네. 물론 멀리 온천 등을 다녀올 수도 있지만 과인이 좀 바빠야지. 그래서 한가하게 산책도 하고 머리도 식힐 수 있도록 정원을 꾸며 놓은 거지. 아 참, 임금이 백성의 주요 생활 수단인 농사를 모르면 곤란하지 않겠나. 그래서 직접 논농사를 지어 볼 수 있도록 작은 논도 하나 있었지. 일종의 현장 체험이랄까.

경회루

후원에서 제일 유명한 게 경회루라네. 바뀌기 전 만원 권 지폐 뒤에 그려진 것이 바로 경회루지. 교태전 뒤에 아미산이라고 있거든. 말이 산이지 사실은 조그마한 동산인데 태종 임금님 시절에 경회루 연못을 파다가 거기서 나온 흙으로 쌓은 거라네. 아미산 앞에 조그마한 돌 연못도 있어. 나중에 꼭 구경해 보게. 네 마리 두꺼비가 조각되어 있는데 모양이 다 다른 것이 정말 귀엽지.

공포의 사신단

압록강변 조선과 중국의 국경 지대.

한 무리의 휘황찬란한 가마 행렬이 요란하게 흙먼지를 일으키며 달려오고 있었다.

행렬은 명나라 영락제의 조카의 처삼촌의 이복동생의 숙모의 사돈의 팔촌인 왕 메이 룽이 이끄는 사신단.

왕 메이 룽은 스무 살이 되기도 전에 각종 시험을 수석으로 통과하며 벼슬길에 오른, 천재 중의 천재로 소문이 난 인물이었다.

이제껏 황제의 눈에 들 방법이 없어 승진을 못 하고 있던 그는 절호의 기회를 맞아 야심만만하게 조선으로 오는 길이었다.

사신단의 가마 옆으로 유랑민들이 줄을 지어 걸어가고 있었다. 그중 일부는 행렬에 손을 내밀었다가 병졸들에게 떠밀려 쓰러졌다.

곁눈질로 그 광경을 보던 왕 메이 룽이 한심하다는 듯 입을 열었다.

"나라 꼴이 왜 이 지경이야?"

곁에서 보필하던 호위 무사가 유랑민들에게서 눈을 떼지 못한 채 대꾸했다.

"가뭄이 들었답니다. 듣기보다 훨씬 심각한데요?"

왕 메이 룽은 비단 헝겊을 두 손으로 비

영락제

중국 명조의 제3대 황제(1402 ~24 재위). 명나라를 창건한 주원장의 24명의 아들 중 넷째 다. 이름은 주체. 연호는 영락, 묘호는 태종, 시호는 문제. 난 징에서 베이징으로 천도하고, 쯔진청(자금성)을 세우는 등 수도를 재건했고 잔인무도하게 정적들을 숙청하여 강력하고 효율적인 정부를 만들었다. 그가 다스리는 동안 중국의 정치·사회·경제는 안정된 형태로 자리 잡았고 명나라가 가장 강성했던 때도 영락제 시절이다.

틀어 보였다.

"사정이 신통치 않아 대충 받아 왔다고 황제께 보고 드리기라도 하라는 건가? 마른 수건을 다시 짜는 정신, 그게 우리에게 필요한 거야."

"자기 백성 먹일 식량도 없어 보이는데 말 삼천 필에 금은 열 수레가 가능하겠습니까?"

왕 메이 룽은 의미심장한 웃음을 지었다.

"짜. 짜면 다 나오게 되어 있어. 두고 봐라. 네가 생각하는 것 이상을 가져가게 될 것이니."

이번 기회에 제대로 공물을 챙겨 황제의 신임을 받기로 작정한 왕 메이 룽의 눈에 조선 백성들의 참담한 고난이 보일 리 없었다.

"어째 속도가 이 모양이야. 빨리 가자, 빨리 가."

행렬의 속도가 빨라졌다.

스쳐 지나가는 조선의 붉은 산이 더욱 외롭고 쓸쓸해 보였다.

 **나, 조아명이야**

청운동 예조 참의 조아명의 집.

아침부터 조아명은 들떠 있었다.

명나라 사신단이 한양 근처까지 이르렀다는 보고와 함께 왕 메이 룽이 직접 쓴 편지 한 장이 몰래 배달되어 왔던 것이다.

세종의 초가집살이

세종 즉위 후 무려 7년간 극심한 가뭄이 계속되었다. 백성들이 고통당하는 모습을 본 세종은 버려진 목재를 주워다 경회루 옆에 초가집을 짓게 한 뒤 그곳에서 2년 4개월 동안 먹고 자며 정무를 보았다. 신하들과 왕비가 몸을 걱정하여 말렸지만 듣지 않았다고 하니 백성을 그 누구보다 아꼈던 임금이었다.

"드디어 오시는구나."

조아명은 가슴을 진정시키고는 편지를 꺼내 다시 한번 찬찬히 읽어 나갔다.

조아명 보아라. 이 편지는 내가 보내는 것이지만 동시에 황제 폐하의 말씀이기도 하다. 그간 내 명에 따라 비밀 업무를 수행하느라 고생 많았다. 이제 그 결실을 보려는 모양이니 마지막까지 최선을 다해 주기 바란다. 조선 임금은 우리에게 공물을 바치는 것이 싫어서 이런저런 핑계를 대고 있다. 물론 나 역시 그에 대한 정보를 충분히 가지고 있으나 여기는 조선 땅이니 네가 할 일이 많다. 황제 폐하의 큰 상이 기다리고 있다. 무엇을 상상하건 그 이상을 받게 될 것이다.

조공이란?

중국은 자신들이 세계의 중심이라는 중화사상을 갖고 주변 국가들을 신하의 나라라 여기며 정기적으로 공물을 바치도록 했다. 조선 역시 중국에 공물을 바쳤다. 공물을 바치러 간 사신단을 통해 선진국의 발달된 문화를 수입하기도 했다. 사신단의 규모는 관리가 30명에 수행인원이 2~300명 정도였고 한 번 갈 때마다 걸리는 기간은 5개월 정도, 중국 베이징에 체류하는 기간은 40일이었다.

"아으, 황공하옵니다."

조아명은 편지를 바닥에 내려놓고 마치 그게 황제 폐하라도 되는 듯 큰 절을 올렸다.

감동으로 눈시울까지 붉어진 조아명의 머릿속에 명나라 유학 시절의 일들이 슬라이드 쇼처럼 스쳐 지나갔다.

행색이 초라한 조선의 유학생을 눈여겨보고 가끔 식량과 함께 책을 보내 준 왕 메

이 룽이었다. 추운 겨울, 땔감이 없어 냉골이나 다름없는 방에 불을 넣어
준 사람도 왕 메이 룽이었다.

　물론 왕 메이 룽이 앞날을 대비하여 자신에게 잘 해 준다는 것은 알
고 있었지만 사람이 은혜를 잊어서야 되겠는가.

　조아명은 주먹을 불끈 쥐고 자기 암시처럼 중얼거렸다.

　"내 꿈은 조선의 정승 따위가 아니야. 겨우 그런 것에 만족할 수 있는
가. 나는 기어이 명나라 황실의 높은 자리에 오르고 말 것이다."

　고개까지 끄덕여 가며 다짐하는 조아명의 방문 앞에서 시종 내시가

급하게 전갈을 전했다.

"전하께서 찾으십니다. 입궐하시라는 교지입니다."

세종이 자신을 찾는다는 말에 조아명의 얼굴에는 회심의 미소가 떠올랐다.

"그럼 그렇지. 조정에 인재가 많다지만 명나라 사정에 나만큼 밝은 사람이 있겠어."

거울을 보며 매무새를 가다듬던 조아명은 미간을 찌푸렸다.

"살이 계속 찌네. 계속 쪄."

젊은 시절의 궁핍에 복수라도 하듯 식욕을 불태운 결과, 얼마 전부터 위에서 내려다보면 뱃살에 가려 발끝이 보이지 않았던 것이다.

팽팽해진 허리띠를 움켜쥔 채 조아명은 헛기침도 요란하게 방을 나섰다.

나의 행동을 사관에게 알리지 말라!

왕의 독주를 막기 위해 사관이 참석하지 않고는 임금과 신하가 대화를 나눌 수 없었다. 밀실에서의 은밀한 만남은 상상도 못할 일. 그렇다면 사관들의 기록 정신은 어느 정도였을까. 태종이 사냥을 나갔다가 말에서 떨어지는 사고가 발생했다. 창피한 나머지 태종은 '사관이 알지 못하도록 하라'고 하였으나 사관들은 그 말까지 적었다. '후세에 남길 교훈'을 기록하기 위한 사관들의 프로 정신과 '왕도 사생활이 있다'는 신경전은 조선 시대 내내 이어졌다.

어전회의

"용안이 어둡습니다."

북방에서 돌아온 김종서는 세종의 얼굴에 드리운 근심을 놓치지 않았다.

"음, 갑자기 고기를 끊어서 그런 듯도 하고 명나라 사신단이 공물 협상차 온다 하여 마음이 무겁기 때문에 그런 것 같구나."

68

채식을 싫어해서 매 밥상마다 고기반찬이 없으면 숟가락을 내려놓던 세종을 아는지라 김종서는 조심스럽게 말을 이었다.

"거처를 초가집으로 옮기신 이유는 들었습니다만 수라는 하시던 대로 드시는 것이……."

세종은 고개를 저었다.

"일찍이 임금의 하늘은 백성이요, 백성의 하늘은 밥이라 했거늘. 내 어찌 굶주리는 백성을 뻔히 보면서 화려한 밥상을 고집하겠느냐."

"망극하옵니다."

"때가 때이니만큼 세금을 감해 주기로 했는데 먼 곳에서도 잘 지켜지는지 알 길이 없어 답답하구나."

세종의 말에 김종서는 근심어린 표정을 지었다.

"아마 잘 모를 것입니다. 지방 관리들이 그 사실을 소상히 알려 주고 있는지도 의심스럽습니다. 방이라도 붙일까 싶지만 글을 읽을 수 있는 백성이 얼마 되지 않으니 그 또한 좋은 방법이 아닌 것 같구요."

세종은 깊은 한숨을 내쉬었다.

"읽을 수가 없어 널리 알리지 못하는 것도 과인의 고민 중 하나다. 일일이 글을 가르칠 수도 없는 노릇이고."

김종서는 묵묵히 고개를 끄덕였다.

"남쪽 왜구를 소탕했으니 이제 북쪽 지방 오

식위민천(食爲民天)

'백성의 하늘은 밥'이라는 뜻이다. 세종이 경기감사 김세민에게 해 준 말로 성종 때에는 이 말을 논제로 재상과 관리들에게 논문을 제출하게 한 적도 있다. 중종 때의 대사헌 손중돈 역시 "백성은 나라의 근본이요, 백성은 밥을 하늘로 삼습니다"라고 한 것처럼 백성들의 민생이 가장 중요함을 강조한 조선 시대의 대표적인 사자성어였다.

랑캐를 막아야 할 차례구나. 예로부터 우리나라의 외환은 북방에 있는 것 아니더냐."

"소신도 그리 생각하고 있사옵니다. 특히 오랑캐 추장 이만주의 세력이 날로 강성해진다니 당장 토벌(군대를 보내어 물리침)을 해야 할 것으로 여겨집니다."

세종은 뭔가를 따져 보는 눈치였다.

"그게 생각처럼 쉽지가 않다. 여봐라, 밖에 우의정 있느냐?"

대기하고 있던 황희가 초막 안으로 들어섰다.

"북방 토벌을 논하고 있던 차요. 경의 의견은 어떠하시오?"

"마땅히 그리해야 할 것입니다."

고개를 끄덕인 세종은 다시 물었다.

"그런데 맹사성은 반대 의견을 내놓았소. 토벌을 하자면 중국 땅까지 군사를 이끌고 쫓아 들어가야 하는데 이는 명나라에게 오해를 살 수 있다는 것이오. 미리 보고하기도 그렇고."

세종의 말에 황희와 김종서는 바로 답을 내놓지 못했다. 나라의 국경을 지키고 백성의 생활을 돌봐야 하는 일에도 명나라의 눈치를 봐야 하는 상황을 그 둘이 더 잘 알고 있었기 때문이다.

"이번에 오는 명나라 사신에게 그 사정을 얘기해 보면 어떨까요?"

조선 시대에도 여론조사가 있었다

세금을 내는 법 개정을 앞두고 세종은 전 백성을 대상으로 여론 조사를 실시했다. 세종 12년(1430년) 3월부터 5개월에 걸쳐 실시된 결과 찬성 9만 8,657명, 반대 7만 4,149명이었다. 그러나 세종은 바로 시행하지 않고 수차례에 걸쳐 세법을 보완한 끝에 14년 만인 1444년에 연분9등법이라는 세법을 발표했다. 왕조국가에서 이만큼 여론을 중시한 사례는 세계사에 유례가 없는 일이다.

김종서의 말에 세종은 난처한 듯 말했다.

"이게 웬 떡이냐 하면서 더 많은 공물을 요구할 게야. 좋은 방법이 아니야."

이마를 짚은 채 고민하던 세종은 갑자기 고통스런 표정을 지었다.

"전하!"

당황한 황희와 김종서가 자리에서 벌떡 일어나 세종에게 다가왔다. 세종은 손을 내저었다.

"별거 아니오. 어지럼증이 도를 넘어 이제는 빈혈 증상까지 오는구려. 우의정 얼굴이 둘로 보이오."

"예조 참의 조아명, 분부를 받잡고 입궐하였나이다. 들라 할깝쇼?"

시종 내시의 여쭙는 말에 세종의 표정이 밝아졌다.

조아명은 명나라 유학을 마치고 돌아온 외교의 신진 세력이다. 그라면 자신의 답답한 심정을 풀어 줄 수 있을 것 같았다.

"어서 들라 이르라. 그대들은 나가 보도록 하시오."

초막으로 들어온 조아명은 눈물부터 쏟았다.

"전하, 이것이 웬 마른하늘에 날벼락이옵니까. 백성이 굶고 팔도가 어지러운 이 상황에 공물 뜯으러 온 사신단이라니요."

세종은 꺽꺽대는 조아명을 토닥이고는 대책을 물었다.

> **북쪽 오랑캐, 여진족**
>
> 동북만주 지역에 거주했으며 수나라와 당나라 때에는 말갈이라 불렀고 송나라 때부터 여진이라 부르기 시작했다. 여진은 그들이 스스로를 일컫던 '주션(jurchin : 백성이라는 뜻)'을 한자로 표기한 것이다. 고구려 유민들이 건국한 발해의 백성들 대부분은 여진족이었다. 지금의 길림성 동북 지역에 흩어져 살던 족속을 생여진이라 했는데 나중에 금나라를 건국하는 주요 세력이 되었다.

"우는 거 보자고 부른 것이 아니네. 어떻게 대응하면 좋겠는가."

조아명은 코를 훌쩍거리며 대답했다.

"일단 연회를 화려하게 여십시오. 그리고 그들이 원하는 것이 무엇인지 떠봐야 할 것입니다."

"뭐라고?"

예상 밖의 대답에 세종은 고개를 갸우뚱했다. 형편이 어려운 것을 설명하려면 있는 그대로를 내보여야 하는 것 아닌가. 그러나 이어서 나온 조아명의 설명에도 일리가 있었다.

"연회를 크게 여는 것은 명나라 왕실에 대한 예의와 충성을 보여 주는 것입니다. 대신 연회에 참석하는 전하와 대신들의 차림은 빈곤하게 보여야 합니다. 형편이 어렵지만 황실에 대한 예의를 다하는 것이다, 하면 그들도 감동할 것입니다."

"다음에는?"

세종의 프로필

세종은 1397년(태조 6)에 태어나 1450년(세종 32)에 승하했다. 조선 제4대 왕으로 재위 기간은 1418~1450년. 이름은 도이고, 자는 원정이다. 태종의 아들이며, 어머니는 원경왕후 민씨이다. 태종은 "충녕대군은 천성이 총민하고 또 학문에 독실하며 정치하는 방법 등도 잘 안다."는 이유로 첫째, 둘째를 제치고 왕위에 올린다.

"그들이 원하는 것을 이야기하면 전하께서는 그건 이런저런 이유로 어렵다, 하시면서 다른 조건을 말씀하시면 됩니다. 협상은 그때부터지요."

세종은 그제야 웃음을 되찾았다.

조아명의 말대로라면 그다지 걱정할 것도 없게 느껴졌다.

갑자기 조아명이 목소리를 낮췄다.

"그들은 말과 금은을 원할 것입니다. 전

하께서는 어떤 대안을 준비하고 계신지요."

"흠흠. 그건……."

세종은 비밀이라는 듯 역시 목소리를 작게 하고 대답했다.

"나는 그들에게 인삼을 줄 계획이다. 아직 명나라에서는 금강산 인삼을 모른다. 그러니 인삼이 어떤 것인지 소개하여 그들의 관심을 끌어야지."

세종의 말에 조아명은 감탄한 듯 머리를 조아렸다.

"과연 전하이십니다. 어찌 아셨습니까. 본래 중국 사람들은 건강식품에 약하고 불로초라면 깜빡 죽사옵니다."

"그런가? 하하. 과인이 선견지명이 좀 있지."

세종은 만족스러운 듯 껄껄 웃었다.

조아명도 덩달아 웃음을 지었지만 어딘지 모르게 사람을 비웃는 야릇한 느낌이 배어 있었다.

죽은 이가 남긴 단서

목멱산 아래 상의원 판관 최하원의 집.

한 손에 생선 두름을 든 장영실이 싸리문을 열고 들어섰다.

"계십니까?"

대답이 없었다.

장영실은 천천히 집 안을 둘러보았다. 평소 청빈한 생활을 증명이라도 하듯 쓰러지기 직전의 허름한 집이었다.

장영실이 다시 인기척을 냈다.

"어흠, 아무도 안 계시오?"

그제야 방문이 빼꼼 열리면서 한 노파가 모습을 드러냈다. 앓아누웠던 모양인지 머리에는 수건을 동여맨 채였다.

"뉘시오?"

"여기가 최 판관의 집 맞지요?"

노파는 잔뜩 경계심을 보이며 의심 어린 시선을 장영실에게 던졌다.

"아, 저는 장영실입니다. 최 판관하고 궁에서 같이 일하던 사람입니다."

그제야 노파는 한숨을 내쉬며 장영실에게 가까이 오라 손짓을 했다.

"내 아들이라우. 벌써 보름째 소식이 없으니……."

노파는 말을 잇지 못하고 소리 없는 눈물을 떨어뜨렸다. 가슴이 짠하기는 했지만 위로만 하고 있을 여유가 없었다.

남대문은 서울의 정문?

명당에 자리 잡은 조선의 수도 한양은 거대한 성곽도시였다. 성곽도시다 보니 드나드는 문이 여러 개 필요해서 4대문을 만들고 그 사이마다 4소문을 지었다. 방위에 따라 동, 서, 남, 북대문으로 불리기도 했던 홍인지문, 돈의문, 숭례문, 숙정문이 4대문이고 혜화문, 소의문, 광희문, 창의문이 4소문의 이름이다. 이 중 지금은 사라진 숭례문이 서울의 정문이었다.

"저희도 찾고 있으니 곧 좋은 소식이 있겠지요. 마지막으로 보신 게 출근할 때였나요?"

"아니. 집에 들어와 책을 보다가 누가 찾아와서 나간 거라우. 궁에 다시 들어간다고 했수."

"혹시 찾아온 사람의 얼굴을 기억하시나요?"

"밤이라서 잘은 못 봤지만… 애꾸눈을 한

사내였수. 서신을 가져왔다고 했는데."

"애꾸눈이라고요?"

장영실은 고개를 갸우뚱했다.

"최 판관의 거처를 좀 둘러봐도 될까요?"

노파는 손끝으로 눈물을 찍으며 맞은편 방문을 가리켰다.

방 안 역시 썰렁하기는 마찬가지였다.

이부자리 한 채와 손때가 반질반질한 서안 하나, 방구석에 쌓인 책 몇 권이 전부였다.

장영실은 눈을 감은 채 당시의 상황을 머릿속에서 그려 보았다.

'해산이 형님이 아니면 그 밤중에 최하원을 찾을 사람이 없다. 순순히 따라나섰다니 궁에서 온 사람인 것은 틀림없는데, 분명 최하원도 이상하다고 생각했을 거야. 그렇다면?'

방 안을 유심히 살피던 장영실은 촛불 빛을 받아 유난히 반짝이는 벽을 발견했다. 조심스럽게 벽을 쓸어 보자 손끝에 미끈한 느낌이 전해져 왔다.

'초를 발라 놓았군. 깔끔한 사람이 왜 벽에 초를 칠해 놨을까?'

잠시 생각하던 장영실은 방에서 나가 물을 한 바가지 떠 왔다. 손을 물에 적셔서 초가 묻은 벽을 훑어 내리자 놀라운 일이 일어났다. 물에 젖은 벽지의 색깔이 변하면서 초가 묻은 부분이 글자로 나타난 것이다. 장영실은 그

노파는 낮춤말이 아니야!

말 그대로 늙은 여자를 말한다. 비슷한 말로는 노고, 노구, 노온, 마고할미, 온구 등이 있다. 이 중 마고할미는 전설에 등장하는 신선으로 새의 발톱 같이 긴 손톱을 가지고 있다고 한다. 삼신할미는 아기를 점지하고 산모와 태아를 돌보는 세 신령이 할머니의 모습으로 나타난다고 해서 생긴 말로 '삼신'을 달리 이르는 말이다. 할미는 할머니의 낮춤말이다.

글자를 소리내어 읽어 보았다.

"주초산아목명走肖山我目冥이라……."

아마도 최하원이 남긴 메시지일 것이다. 하지만 그것이 무슨 의미인지는 알 도리가 없었다. 장영실은 잠시 동안 벽을 쳐다보며 그 자리에 서 있었다. 초 부분을 피해 시꺼멓게 흘러내린 물자국이 마치 눈물처럼 보였다.

이어 서안과 책갈피까지 꼼꼼히 살핀 장영실은 별 소득 없이 방을 나왔다. 노파는 여전히 눈물을 흘리며 마당에 서 있었다.

"밥 지을 쌀은 있나요?"

노파는 고개를 저었다.

욕심 없는 사람이니 집에 먹을 것을 쌓아 두고 살지는 않았을 것이다.

장영실은 주머니에 있던 엽전을 꺼내 노파의 손에 쥐어 주려 했지만 받으려 하지 않았다.

애꾸눈이 주인공으로 나오는 영화

가장 널리 알려진 것으로는 말론 브란도가 나오는 〈애꾸눈 잭〉이 있다. 한국 영화 중에서는 임권택 감독의 1961년 작 〈애꾸눈 박〉이 유명하다. 〈애꾸눈 잭〉이 멕시코 일대를 무대로 무법자들의 이야기를 풀어내는 서부영화라면 〈애꾸눈 박〉은 만주 뒷골목을 무대로 한 작품이다. 만화 영화 중에서는 뭐니 뭐니 해도 〈하록 선장〉이 아닐까.

"최 판관이 돌아왔을 때 어머니 몸이 편찮으시면 얼마나 마음이 아프겠습니까."

극구 사양하던 노파는 장영실의 말에 고집을 꺾었다.

"우리 아들, 꼭 찾아 주슈."

"네. 걱정 마시고 건강부터 잘 챙기세요."

조금 떨어진 돌담 옆에서 사내 하나가 두 사람의 모습을 지켜보고 있었다.

계곡에서 쇠몽둥이를 휘두르던 바로 그 애꾸눈이었다.

"최하원의 집을 찾아온 사람이 있었다고?"

"그렇습니다. 나리. 사헌부나 포도청 군관은 아닌 듯 싶고 평복을 입고 있었습니다."

애꾸눈의 보고에 조아명은 눈을 가늘게 뜨고 볼록 튀어나온 배를 살살 쓰다듬었다. 뭔가 생각을 정리할 때마다 나오는 그만의 버릇이었다.

"더 찜찜하잖아. 일반 백성이 최하원의 집을 왜 찾아와."

"글쎄, 그것까지는……."

애꾸눈은 말끝을 흐렸다.

"누군지 안 따라가 봤어?"

"죄송합니다. 인적이 드물어서……."

"인적이 드물다고 안 따라가? 그렇게 소심해서 어디다 쓰겠어?"

"원래 미행이란 중간에 사람이 둘은 끼어 있어야 가능한 법입니다."

애꾸눈의 조리 있는 대답에 무안해진 조아명은 벌컥 신경질을 냈다.

"가르쳐라, 가르쳐."

"……."

"그나저나 너, 오늘부터 중요한 일을 맡아해야겠다."

"뭡니까, 나리."

"편지 배달이다."

"편지요?"

포도청

조선 시대의 경찰서. 포청으로 약칭되기도 하였다. 좌포도청과 우포도청으로 나뉘었는데, 좌포도청은 한성부(서울)의 동부·남부·중부와 경기도 왼쪽 일부를 관할하였고, 우포도청은 한성부의 서부·북부와 경기도 오른쪽을 담당하였다.

애꾸눈은 감이 잘 오지 않는지 한쪽 눈을 끔뻑이며 조아명을 쳐다보았다.

◎ 최하원은 어디에

"누가 찾아왔었다고?"

건성건성 책장을 넘기며 순평군은 무심하게 말했다.

"최하원이 군소리 없이 따라 나설 만한 자리에 있는 사람이었겠지요. 혹시 단서를 남기지 않았을까 싶어 꼼꼼히 훑어보았지만 별것 없었습니다. 벽에 초가 칠해진 게 좀 남다르긴 했습니다만."

"벽에 초가 발라져 있었다?"

"네. 뭔가 연유가 있을 듯도 한데……."

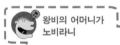
**왕비의 어머니가
노비라니**

세종의 부인이었던 소헌왕후 심씨는 남편인 세종과는 금슬 좋은 결혼 생활을 유지했지만 그녀의 친정은 불행했다. 외척에 대해 초강경 대책을 구사하던 시아버지 태종이 심씨의 아버지 심온과 작은 아버지 심정에게 사약을 내렸고 어머니를 관가의 노비로 만들었기 때문이다. 심씨의 어머니는 태종이 세상을 떠난 다음에야 관노비에서 해방되었다.

대답을 하면서도 장영실은 자꾸만 최하원의 노모가 떠오르는 듯 씁쓸한 표정을 지었다.

"무슨 딴 생각을 그리 하는 게냐?"

장영실은 대답 없이 방바닥을 내려다보았다.

"고향에 계신 어머니 생각을 한 거냐?"

장영실은 놀란 듯 눈을 크게 떴다.

"어찌 아셨습니까?"

"너도 내 속마음을 훤히 들여다보지 않느냐. 너만 그러면 불공평하지."

"실은… 요즘 부쩍 어머니가 걱정이 됩니다. 혼자 계시면서 식사는 제대로 하고 계신지……."

순평군은 알고 있었다. 장영실의 노모가 부산의 한 관가에서 외롭게 지내고 있다는 것을. 장영실이 관비의 아들인 탓에 아버지의 묘소를 찾아 보지 못하는 것도.

'영실아, 어쩌겠느냐. 이 나라의 제도가 그리 생겨 먹은 것을.'

사실 지금 장영실의 지위조차도 천한 출신을 생각하면 개천에서 용이 난 것과 다를 것이 없었다.

머리가 비상한 장영실이 뜻을 마음대로 펼치지 못하는 것이 내심 안타까웠지만, 그것은 순평군이 어떻게 할 수 있는 영역이 아니었다.

순평군은 슬쩍 화제를 돌렸다.

"좀더 깊이 살펴보고 싶지만 너나 나나 활동 범위가 빤하다. 너무 돌아다니면 바로 눈에 띌 거야. 그러니 다른 방법을 찾아봐야겠다."

삼시 고민하던 장영실의 눈이 반짝였다.

"지난번 그 녀석은 어떻습니까?"

"누구?"

장영실은 대답 대신 옆에 놓인 벼루 뚜껑에 새겨진 거북이의 반질반질한 머리를 가리켰다.

"허허허."

순평군의 웃음소리가 방 안에 크게 울렸다.

거북이가 십장생이라는데?

십장생은 오래 살거나 죽지 않는다고 생각된 10가지 생물이나 모습. 해·산·물·돌·소나무·달 혹은 구름·불로초·거북·학·사슴을 일컫는다. 중국의 신선 사상에서 유래하였다. 모두다 자연숭배의 대상이었으며 원시 신앙과도 일치하였다. 사람들은 십장생 그림을 벽이나 창문에 그려 붙였고, 병풍·베갯머리나 문방구에도 사용했다.

새로운 라이벌의 등장

"아이고, 내가 이게 뭐 하는 짓이냐."

산더미처럼 쌓인 도자기 뚜껑을 앞에 두고, 노빈손은 특유의 구시렁 타령을 늘어놓고 있었다.

제용감 작업실.

궁궐 안의 각종 물품을 관리하는 이곳에 노빈손이 배치된 것은 폭발 사고가 난 다음 날부터였다.

절대 원치 않는 사건이 줄줄이 터지고 자의 반 타의 반으로 거기 휘 말려 들어가 생고생을 하는 게 노빈손의 운명 아니던가. 그러나 처음 주막에서 장영실을 기다릴 때부터 지금까지 무려 보름을 밋밋하게 보냈으니, 타고난 모험가 체질인 노빈손의 입장에선 다소 심심할 수밖에.

"하여간 내가 마음이 착해서 탈이지. 그냥 나 몰라라 손 뗐으면 그만인데 말이야."

"이미 손 떼고 있으면서 무슨 소리야?"

으헉!

언제 다가왔는지 코앞에서 작업반장이 눈을 부라리고 있었다.

"사람 놀라게 왜 갑자기 소도둑 같은 얼굴은 들이밀고 그러세요."

"이놈아, 놀란 건 나야."

 조선을 들쑤신 그녀의 이름은 장미

세종 시대에 가장 사고를 많이 친 여성의 이름은 장미이다. 첫 번째는 무당인 장미였는데 군부 지휘관 여럿이 장미의 집에서 술을 마시고 놀다가 적발되어 벌을 받았다. 두 번째 장미는 태종의 시녀 장미였고 안마를 너무 세게 하는 바람에 태종이 불같이 화를 냈다는 기록이 있다. 세 번째 장미도 시녀였는데 신하들과 놀아나다가 대형 스캔들을 일으켰고 네 번째 장미는 남편을 살해한 무서운 여자, 다섯 번째 장미는 장물아비의 부인이었다.

"네?"

"봐라. 네놈 하나 때문에 작업장 꼴이 어떻게 됐는지."

주변을 둘러보니 다들 가마를 수선하고 말안장을 만드는 등 정신이 없는데, 자기가 끼어 있는 작업 공정의 일꾼들만이 손을 놓은 채 둘러앉아 잡담을 하고 있었다.

"보이냐?"

"일 안 하고 놀고 있네요?"

"그게 누구 때문이라고 생각하냐?"

작업반장의 솥뚜껑 같은 손이 대답도 기다리지 않고 노빈손의 뒷통수를 힘차게 후려갈겼다.

"우씨, 나도 지금 일하는 중이란 말예요."

"일? 무슨 일?"

잠시 말문이 막혔지만 둘러대기는 노빈손의 전매특허 아니던가.

"그러니까, 어떻게 하면 좀더 효율적으로 도자기 뚜껑을 수리할까 고민하는 중이었단 말이에요."

노빈손이 큰소리를 치자 작업반장은 슬그머니 호기심을 드러냈다.

"그래서 어디까지 연구했는데?"

다시 궁지에 몰린 노빈손. 그러나 차분히 보니 별로 어려운 문제도 아니었다.

볼트와 너트

볼트는 나사의 일종으로 물체를 고정하거나 힘과 운동의 방향을 바꾸어 줄 때 사용한다. 최초로 나사의 원리를 발명한 사람은 목욕탕에서 '유레카!(금순도 측정법을 발견하고 외친 감탄사)'를 외친 일화로 잘 알려진 그리스의 학자 아르키메데스이다. 산업 혁명기에 기계 제작의 아버지라 불린 영국인 '헨리 모즐리'에 의해 크기도 작고 똑같은 모양으로 대량 생산이 가능한 원형 너트와 볼트가 발명되었다.

　노빈손은 종이 한 장을 펼쳐 놓고 붓으로 설계도를 그려 나가기 시작
했다. 설계도를 훑어보던 작업반장의 눈이 휘둥그레졌다. 거기에는 뚜
껑의 가운데에 구멍을 뚫어 아래 위를 볼트와 너트로 연결해 놓은 그림
이 그려져 있었던 것이다.

　"원래 손잡이 부분이 잘 깨지잖아요. 그러니까 처음부터 가운데에 구
멍이 뚫린 도자기를 구워서 나중에 꼭지를 달면, 고장이 나거나 깨져도
그것만 살짝 바꾸면 되지 않겠어요?"

　"아니, 어떻게 이런 생각을?"

　"그리고 규격을 하나로 통일하면 전국 어디서나 꼭지만 사면 될 거구요."

"으아, 너 정말……."

작업반장은 할 말을 잃은 채 노빈손과 설계도를 번갈아 바라보았다. 화를 내던 모습은 거짓말처럼 사라지고 마냥 신기하다는 표정이었다.

"거참, 기발한 생각일세."

"보기에는 맹~한데 보통 녀석이 아니야."

일꾼들이 감탄하느라 웅성거리는 제용감으로 마침 장영실이 들어서고 있었다.

사람들에게 둘러싸여 한껏 거드름을 피우는 노빈손을 바라보던 장영실의 표정이 갑자기 차갑게 얼어붙었다. 일꾼들 사이에 오가던 대화가 장영실의 역린을 건드린 것이다.

"저 녀석 하는 걸 보니 옛날 영실이 생각이 나네. 물론 저 녀석이 한 수 위인 것 같지만 말일세."

"하긴 영실이야 신분도 천하고……. 사실 문제가 좀 있지."

입술을 깨물던 장영실은 애써 마음을 진정시키고는 노빈손을 불렀다.

"빈손아."

"어, 영실이 형."

이빨을 드러내며 괴상한 걸음걸이로 뛰어오는 노빈손에게 장영실은 손을 흔들어 보였다.

그러나 얼굴은 여전히 딱딱하게 굳어 있었다.

> **용의 거슬러 난 비늘, 역린**
>
> 중국 전국 시대 한비라는 사람이 쓴 『한비자』의 설난편에 다음과 같은 이야기가 나온다. "용은 상냥한 짐승이다. 그러나 턱 밑에는 지름이 한 자나 되는 비늘이 거슬러 난 것이 하나 있는데 만일 이것을 건드리면 용은 그 사람을 죽여 버리고 만다." 이 비늘을 역린이라 하는데, 흔히 군주의 노여움을 역린이라 표현하게 되었다. 요즘 말로 하면 콤플렉스인 셈. 상대방의 콤플렉스를 건드리면 싫어하겠지?

세종 시대 인물 열전

우리는 드림팀이다!

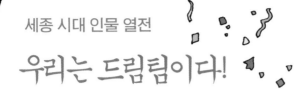

　　세종대왕은 나라의 인재를 최대한 활용하여 조선 시대 정치와 문화를 정비한 군주야. 천민이건 귀향살이를 갔건 간에 훌륭한 인재라면 등용했던 세종대왕 덕분에 이 시대에는 정말 뛰어난 인재들이 많았지! 이름하여 드림팀! 그 면면을 살펴볼까?

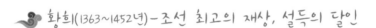

　황희(1363~1452년) - 조선 최고의 재상, 설득의 달인

　　다들 나에 대해서 들어 봤겠지? '이것도 맞다, 저것도 맞다' 하고 말했다고 소문 난 황희일세. 나 사실 우유부단한 사람 아니야.

　　4군 6진 개척도 지휘하고 외교 관계도 잘 정비하고, 또 집현전 학사들을 데리고 문물을 발전시키기 위해 노력했지. 농사 개량을 위해 곡식 종자도 백성들에게 나눠 주고, 뽕나무를 많이 심게 해서 좋은 옷을 만들어 입을 수 있도록 했다고. 임금님이 총애할 만하지? 그래서 무려 18년 동안이나 영의정을 했어.

　　한번은 세종 임금님이 부인인 소헌왕후가 죽자 슬퍼하시며 소헌왕후를 기리기 위해 왕실에 불당을 지으려고 하셨지 뭐야. 알다시피 조선은 유교의 나라인데. 당연히 집현전 학사들이 반대하며 동맹파업을 한 거야. 그래서 내가 늙은 몸을 이끌고 그들 하나하나를 만나서 설득했잖아.

맹사성(1360~1438년) – 소를 타고 풍류를 즐긴 정승

세종 13년에 좌의정이 되어 황희 정승과 함께 세종 시대 쌍두마차로 불리지. 사실 난 시 쓰고 음악을 하는 걸 좋아해. 음유시인이랄까. 그래서 박연과 함께 향악을 정리하고, 〈강호사시가〉라는 시도 남겼지.

난 화려한 가마나 말 같은 것보다는 검은 소를 타며 한가로이 바깥 출입 하는 걸 즐기지. 그래서 사람들은 내가 재상인지 잘 모르더라구. 솔직히 말하면 내 친구 중에 아직도 모르는 사람이 있다니까. 하하!

흔히들 나에게 청렴결백하다며 칭찬하는 데 좀 쑥스러운 거 있지.

김종서(1383~1453년) – 문과 무를 두루 갖춘 멀티플레이어

내가 두만강 연안의 6진을 개척해서 다들 나를 김종서 장군이라 부르며 무인인 줄 아는데 나 알고 보면 책 좀 읽고 글 좀 쓰는 문관이라구.

집현전 출신도 아니면서 당시 조선의 최고 '두뇌'들이었던 집현전 학사들을 데리고 『고려사』도 편찬했다니까. 내가 키는 좀 작지만 백두산 호랑이라는 별명이 붙을 정도로 기개는 대단했다구.

세종의 아들 문종은 즉위한 지 얼마되지 않아 김종서에게 그의 아들 단종을 잘 보호해 달라고 유언을 남기고 죽지. 하지만 단종을 지키려던 김종서는 왕위를 노리는 수양대군에 의해 비참한 죽음을 당하게 돼.

박연(1378~1458년) - 조선 역사 최고의 악성

세종 임금님은 음악에 관심이 아주 많으셨지. 스스로 작곡을 하기도 했을 만큼 말야. 그래서 나처럼 외국에서 공부도 하고, 음악 이론에 밝으며 악기도 잘 다루는 사람을 찾고 계셨어. 난 음악을 제대로 하기 위해 신분이 낮은 광대에게도 음악을 배웠지. 피리뿐 아니라 거문고와 비파 등 모든 악기를 섭렵해서 사람들은 날 음악 천재라고 생각했어.

세종 임금님께 발탁된 후 밤낮 가리지 않고 조선 음악 체계를 정립하려고 노력했어. 세종 임금님의 절대적인 지지로 인해 아악(궁중의식에서 쓰던 중국에서 온 음악)을 부흥시키고, 악기 제작, 향악(궁중의식에서 쓰던 우리 음악) 창작, 소리의 길이와 높이를 정확히 표시하기 위해 '정간보'라는 악보도 만들어 냈지.

집현전 학사들 - 세종 시대 학문의 기둥

나 성삼문이야. 집현전 학사들에 대해 소개할까 해. 세종 임금님은 이름만 있던 집현전에 학자들을 모으셨지. 배우기를 즐겨 하셨고, 또 올바르게 알아야 올바르게 다스릴 수 있다고 생각하셨거든. 우리 집현전 학사들은 경전과 역사를 공부하고 월말에 평가를 받았어. 또 매일 두세 명씩 돌아가면서 강의를 했지. 백성들을 깨우치기 위해 필요한 책을 쓰고 중국에 보내

는 글도 작성하고 어려운 법령을 알기 쉽게 이두로 번역하기도 했어. 또 세종 임금님에게 정책에 대해 자문도 해 드리고 말야. 그리고 결정적으로 한글을 만드는 데 도움을 드린 거지. 한데 다들 어찌나 공부를 파는지 한번 책을 보면 동 틀 때까지 보곤 했다니까.

집현전 동문으로는 정인지, 박팽년, 신숙주 등이 있어.

일차전

경복궁 근정전에 마련된 연회장.

화려하게 치장한 입구에는 '환영! 명나라 사신단 왕 메이 룽 일행'이라는 커다란 깃발이 나부끼고 있었고 박연 오케스트라가 연주하는 중국 황실 음악이 은은하게 울려 퍼졌다.

그러나 연회에 참석한 신하들의 표정은 밝지 않았다. 조선 팔도가 굶주리고 임금은 초가집에서 집무를 보는 상황에서 이런 불합리한 일이 또 없었기 때문이다.

노빈손은 고개를 휘휘 돌리며 구경하느라 바빴다. 정조대왕의 행차를 따라간 적은 있었지만 궁 안 행사는 처음이었기에 눈길을 어디에 둬야 할지 모를 지경이었다.

"나쁜 놈들."

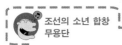

조선의 소년 합창 무용단

노래하는 아이라는 뜻의 '가동'은 국립소년 합창무용단이다. 8세에서 10세 정도의 남자아이 열 명으로 구성되었고 국가의 각종 행사와 명나라 사신 접대에 동원되었다. '세종 15년(1433년)에 가동에 관한 법을 세웠다'는 기록이 있으니 기록으로만 보자면 1498년 창단된 '빈 소년 합창단'보다 65년이 빠른 셈.

옆에 서 있던 최해산은 부드득 이를 갈았고 장영실도 불만이 가득한 표정이었다.

"예? 누가요?"

퍽!

사정을 알 리 없는 노빈손은 최해산의 무지막지한 손에 뒤통수를 한 대 얻어맞고서야 돌아가는 상황을 알아차렸다.

"그럼 중국 사신단 때문에 없는 살림에 잔치를 한다는 말이에요?"

"어쩌겠어. 힘없는 나라의 설움이지."

노빈손은 뒤늦게 분통을 터트렸다.

"저거 다 집어치우라고 해요. 여기 음식이면 한양 백성들 일주일은 배 터지게 먹이겠다."

퍽!

그러나 또다시 날아드는 최해산의 주먹.

"니가 임금 해라."

으으, 이 아저씨 사람 뒤통수 때리는 거 아예 습관이네.

노빈손은 눈물을 글썽이며 원망스러운 눈길로 최해산을 바라보았다. 그러나 최해산은 남의 머리통을 두 번이나 무자비하게 갈겨 놓고도 미안한 기색이 전혀 없었다.

"전하께서도 저게 하고 싶으시겠어? 그러니까 내가 더 분통이 터지는 거지."

듣고 보니 오히려 미안해진 건 노빈손이었다.

'에이, 내 속마음은 그게 아닌데.'

만회할 기회를 엿보던 노빈손의 머릿속에 기막힌 아이디어 하나가 떠올랐다. 정조 시대로 갔을 때 이래저래 재미를 봤던 남의 시 인용하기였다.

"저 연회장을 보니까 마구 분노가 치밀어 오르면서 가슴이 뜨거워지는 동시에 갑자기

세종의 자식들

세종은 아내인 소헌왕후 심씨 사이에서만 8남 2녀를 두었다. 첫째인 문종은 병법과 과학기술에 뛰어났고 둘째인 수양대군은 문무를 겸했으며 셋째인 아평대군은 문무는 물론이고 예술적인 재능까지 갖추고 있었다. 넷째인 임영대군은 전형적인 무인 스타일, 다섯째 광평대군과 일곱째인 평원대군은 학문이 뛰어났지만 일찍 죽었다. 여섯째 금성대군은 뛰어난 문사였고 세종이 그의 집에서 임종을 맞을 만큼 아꼈다고 한다.

시상이 떠오르네요. 한 수 읊어도 괜찮을지?"

노빈손의 말에 장영실은 물론이고 최해산도 흥미를 느낀 표정이었다.

"험험. 자, 갑니다."

목청을 가다듬은 노빈손은 천천히 시구를 낭송하기 시작했다.

"금준미주 천인혈 金樽美酒 千人血

옥반가효 만성고 玉盤佳肴 萬姓膏

촉루락시 민루락 燭漏落時 民淚落

가성고처 원성고 歌聲高處 怨聲高.

금 항아리의 술은 천 사람의 피요,

옥쟁반의 아름다운 안주는 만백성의 기름이다.

촛물이 떨어질 때 백성 눈물 떨어지고

…노래 소리 높은 곳에… 백성의 원망 소리가 높다."

"엥?"

가만히 듣고 있던 장영실은 이상하다는 듯 고개를 갸우뚱했고 최해산의 얼굴은 시뻘겋게 달아올랐다.

『춘향전』

작자, 연대 미상의 고대 소설로 영·정조 시대의 작품으로 추측된다. 이몽룡과 성춘향이 데이트를 한 광한루는 보물 제281호로 지정되었고 '금준미주 천인혈…'과 함께 춘향이가 옥에서 지어 읊는 시가 유명하다.

왜 그러지?

고개를 갸웃하던 노빈손은 일순간 다리의 힘이 쭉 빠져나가면서 무릎이 덜덜 떨리는 것을 느꼈다.

으헉! 이런 엄청난 실수를!

노빈손이 『춘향전』에서 슬쩍 베껴 온 시는 암행어사 신분을 숨긴 이몽룡이 호

화로운 잔치를 즐기는 변사또를 꾸짖는 내용이었던 것이다. 그러니 바꿔 말하면 백성이 주리는데 호화 연회를 연 세종대왕을 비난한 꼴이 되었던 것.

"이노옴! 감히 전하를!"

첫 번째, 두 번째와는 비교도 할 수 없는 강렬한 충격이 머리통에 전달되어 왔다.

"으악!"

노빈손은 튀어나오려는 안구를 손바닥으로 막으며 그 자리에 픽 쓰러졌다.

분을 못 이기고 씩씩거리던 최해산은 오른발을 높이 치켜들었다.

"내 오늘 이놈을 물고를 낼 것이다."

기절한 척 눈을 질끈 감고 있던 노빈손은 오줌 지리기 일보 직전이었다. 주먹으로 맞아도 이 지경인데, 저 포크레인 같은 발에 밟히면?

다행히 장영실이 죽어라고 뜯어 말린 덕분에 얼굴에 최해산의 발자국이 찍히는 불상사만은 면할 수 있었다.

"저놈, 다시는 내 눈 앞에 띄지 말라고 해. 산술 천재고 나발이고 끝이야, 끝!"

노빈손은 억울해서 미칠 것만 같았다.

사람이 살다 보면 실수를 할 수도 있고 한 번 실패는 병가지상사라는 말도 있는데 이거 너무 하시는 거 아니야.

"쉿! 전하께서 나오세요."

장영실이 분위기를 수습하는 가운데 세종이 연회장으로 들어서고 있었다.

조선 시대의 이혼 법정

남편의 3년 상을 채우지 않은 여성이 혼인을 하자 태종은 강제로 이혼을 시켰다. 세종 시대에는 자식을 낳지 못해 이혼당한 여성의 이야기가 나온다. 남편이 새 아내를 들이자 본처는 그 이혼이 부당하다 상소를 올려 새 아내를 내쫓았다. 이에 남편이 '칠거지악'을 들어 항소했지만 들어주지 않고 벌로 곤장 90대를 때렸다. 조정에서 애 못 낳아 서러움을 겪는 여성의 손을 들어 준 것이다.

함정

세종이 자리에 앉고서야 궁궐 한쪽에서 대기하고 있던 왕 메이 룽 일행이 연회장으로 입장했다.

임금을 기다리게 하는, 철저히 조선을 깔보는 왕 메이 룽의 처사에 연회장의 문무백관들은 어흠, 어흠 하고 불편한 기침을 연신 해 댔다. 그러나 대놓고 불만을 표시할 만큼 간이 큰 신하는 없었다.

왕 메이 룽은 거만한 자세로 세종의 옆에 앉아 고갯짓으로 인사를 대신했다.

"안녕하시오."

"황제께서도 평안하시지요?"

왕 메이 룽은 대답 대신 연회장을 둘러보고는 한마디 던졌다.

"논밭이 죄 갈라지고 난리가 아니던데 제법 차렸습니다?"

말끝을 슬쩍 올리는 왕 메이 룽의 어투에서 호의라고는 찾아볼 수 없었다.

세종은 뜨끔했다. 조아명의 계획대로 연회장을 화려하게 꾸민 것이 오히려 화를 부른 느낌이었다.

"사신단은 황제의 대리인이나 마찬가지 아닙니까. 어렵다고 그 대접을 소홀히 하면 예의가 아니지요."

세종의 대답에 왕 메이 룽은 자못 감동한 듯 연신 고개를 끄덕였다.

"허어, 황제국에 대한 예의를 차리느라 이런 수고를 하시다니. 황제께서 이 자리에 계셨더라면 감동의 눈물 한 방울쯤은 아끼지 않으셨을 겁니다."

'먹혔다!'

풍류남인가 난봉꾼인가, 양녕대군

태종의 첫째 아들인 양녕대군은 스승과 처음 인사하는 자리에서 개 짖는 시늉을 하는가 하면 공부 시간에 동궁 뜰에 새덫을 놓아 새 잡기에 매진하고 나이 들어서는 남의 첩을 가로채고 개를 훔치다가 들통이 나는 등 기행으로 유명한 인물이다. 결국 세자의 자리에서 쫓겨난 양녕대군은 불가에 귀의한 동생인 효령대군과 세종을 두고 이렇게 말했다. "살아서는 임금의 형이요, 죽어서는 부처의 형이니 내가 세상에 부러울 것이 무엇인가."

세종은 속으로 쾌재를 불렀다.

일단 상대를 감동시켰으니 일을 풀어 나가기는 훨씬 수월할 터였다.

눈길을 돌려 보니 조아명도 환하게 웃음을 담은 채 세종을 바라보고 있었다.

세종은 슬그머니 조공 이야기를 꺼냈다.

"이왕 말이 나온 김에 명나라에 보낼 공물에 대해서도 이야기를 좀 할까 하는데……."

왕 메이 룽은 그게 무슨 말이냐는 듯 손을 내저었다.

"형편이 이런데 공물은 무슨."

세종을 비롯한 신하들의 얼굴에 파도처럼 웃음이 번졌다. 이렇게 쉽게 끝날 줄이야.

그러나 이어진 왕 메이 룽의 말은 흐뭇한 분위기를 바로 뒤집어 버렸다.

"뭐 인삼 같은 것만 아니면 됩니다. 그저 말 몇 필하고 금은만 조금 보내시면 황제께서도 아주 만족해하실 것이요. 뒷일은 제가 책임질 테니 그거나 되는 대로 싸 주시오."

세종의 얼굴이 일순간 굳어졌다. 형편이 어려운 것을 내세워 인삼으로 공물 문제를 처리하려던 계획이 수포로 돌아가 버린 것이다.

중국 황제의 후궁이 된 조선 여인

중국 사신들은 종종 조공의 품목 중 하나로 조선의 처녀들을 요구했다. 끌려가지 않기 위해 여성들은 일부러 꼴을 더럽게 하거나 병이 든 흉내를 내는 등 꾀를 부렸다. 한영정이라는 사람은 태종 시대에 큰 딸, 세종 시대에는 막내딸을 연달아 중국으로 보내는 비극을 맛보았다. 다행히 둘 다 미모가 뛰어나 명나라 황제의 총애를 받았다고 하는데 그렇다고 좋아할 일은 아닌 것 같다.

당황한 세종은 조심스럽게 말을 이었다.

"그럼 말은 몇 필이나……."

왕 메이 룽은 천연덕스럽게 말을 받았다.

"대충 오천 필 정도면 되지 않을까 싶소. 금은이야 우리가 가져온 수레가 있으니 그것만 채우면 될 것 같고."

세종은 하늘이 무너지는 느낌이었다.

말 오천 필이면 조선 기마병을 해체하고 그 말을 전부 바쳐야 될까 말까 한 수량이었던 것이다.

세종의 타는 가슴에 왕 메이 룽이 기름을 부었다.

"이봐, 우리가 끌고 온 수레가 몇 대나 되지?"

기다렸다는 듯 호위 무사의 대답이 튀어나왔다.

"큰 걸로 다섯 대, 작은 것까지 치면 모두 열 대입니다."

왕 메이 룽은 하품을 했다.

"얼마 안 되네? 하여간 우리도 조선에 부담을 주기 싫어서 약하게 끌고 왔으니 그거나 성심껏 채워 주시면 되겠소."

말을 마친 왕 메이 룽은 언제 감동했느냐는 듯 차갑게 인사를 던지고 자리에서 일어났다. 세종은 따라 일어나려다 그만 자리에 주저앉고 말았다. 왕 메이 룽은 딱하다는 듯 세종을 내려다보았다.

귀양 간 코끼리

태종 11년, 일본 국왕이 사신을 보내 코끼리를 바쳤는데 구경 갔던 공조전서 이우가 꼴이 추하다며 비웃고 침을 뱉었다가 밟혀 죽는 사건이 발생했다. 태종은 그 죄를 물어 코끼리를 전라도의 섬에 유배시켰는데 날로 수척해지고 사람을 보면 눈물을 흘린다는 보고가 올라오자 육지로 보내라고 했다. 허나 엄청난 먹성과 또다시 사람을 밟아 죽이는 통에 탄핵하는 상소가 줄을 이었다. 결국 세종은 물과 풀이 좋은 곳에서 기르고 병들어 죽지 않게 하라고 지시했다.

"기력이 많이 달리시나 보네. 여기 음식 있는 거 많이 드시오. 그럼 난 이만."

사신단이 빠져나간 연회장 안을 차가운 바람 한 줄기가 훑고 지나 갔다.

다들 침통한 표정으로 마주 보는 가운데 조아명만이 고개를 숙인 채 웃음을 참고 있었다.

"신을 죽여 주시옵소서. 다 제 잘못입니다."

조아명은 연신 머리를 찧으며 거짓 눈물을 짜내고 있었다.

"네 탓이 아니다. 마무리를 잘하지 못한 내가 잘못이지."

평소 남의 탓을 잘 하지 않는 세종은 이번에도 과오를 자신의 것으로 돌리고 있었다.

세종은 턱수염을 쓰다듬으며 생각에 잠겼다. 잘 나가다가 왜 갑자기 일이 틀어졌을까. 수많은 공물을 다 빼놓은 채 유독 인삼을 걸고 넘어져서 아예 말도 못 붙이게 한 것은 우연이었을까.

세종은 탄식했다.

'하늘이 조선을, 나를 돕지 않는구나.'

연회장에서 있었던 일을 되새겨 본 세종은 조아명에게 물었다.

"이제 어쩌면 좋단 말인가."

조선 시대의
믿거나 말거나

세종 12년, 제주도에서 다섯 마리 용이 동시에 승천했다는 보고가 올라왔다. 세종 18년에는 표범이 성 안에 들어와 개를 물었고 단종 2년에는 함길도에서 뿔이 세 개인 소가 났으며 숙종 때에는 충청도에서 과부가 뱀 두 마리를 낳았다는 기록이 있다. 성종 때에는 진주에서 한 여인이 황새 새끼와 핏덩이 두 개를 낳은 기이한 사건이 벌어졌다는데, 이거 믿어야 하나 말아야 하나.

차마 말을 꺼내지도 못하겠다는 듯 입을 다물고 있던 조아명은 조심스럽게 말문을 열었다.

"신에게 생각이 하나 있기는 합니다만."

세종은 반색을 했다.

"그래? 그게 무어냐?"

"제가 명나라에 유학하면서 들은 얘기가 있습니다. 왕 메이 룽은 내기를 무척이나 좋아하는 자라고 합니다. 심지어 자신의 집을 걸면서까지 내기를 했다니 거의 병이라고 봐도 좋을 듯합니다."

"그래서?"

"내기를 하는 겁니다."

"뭐라? 내기?"

세종은 어이가 없었다. 지엄한 국사를, 그것도 천문학적인 규모의 공물을 결정하는 데 내기라니.

그러나 일단 조아명의 의견을 더 들어 보기로 했다.

"허면 무슨 내기를 하자는 얘기냐?"

"산술 문제 풀기를 하자고 하십시오. 내기를 좋아는 하되 실속은 없다고 합니다. 그중 특히 취약한 게 산술이라고 들었습니다."

세종의 얼굴에 다시 근심이 드리워졌다.

"자기가 잘 못하는 걸 하겠다고 나설 리 없지 않나."

"반드시 그리 볼 일이 아닙니다. 일단 산술에 대한 불안보다 내기의 유혹이 훨씬 클 것이고, 둘째로 명나라 사람들은 자국의 산술에 자부심을 갖고 있습니다. 설마 조선을 상대로 산술 문제 내기에서 질 거라고는 생각지 않을 것입니다."

세종은 눈을 감고 잠시 생각에 잠겼다.

'산술, 산술이라.'

공부라면 그 어떤 과목도 자신 있었지만 산술은 좀 약했다.

대부분 독학으로 공부를 끝낸 세종이 정인지를 과외 선생으로 삼아 따로 산술을 배운 것도 그 때문이었다.

걱정되는 것은 또 있었다.

"그 건으로 어전 회의를 하면 신료들이

국제결혼 장려한 세종

조선 초기, 귀화한 외국인을 조선 사회에 동화시키고 정착하도록 하기 위해서는 혼인 문제가 시급했다. 세종 시대에는 귀화한 사람 중 장가가기를 원하는 사람은 양인(천민을 제외한 전 계층)의 자녀와 맺어 주고 의복과 양식 그리고 주택을 제공했다. 물론 전부 공짜였다.

벌 떼처럼 일어나 반대할 텐데? 성균관에서도 난리가 날 거고."

조아명은 그쯤이야 어쩔 수 없지 않느냐는 듯 어깨를 으쓱해 보였다.

"모든 조건이 다 좋을 수는 없지요."

순간 세종의 머릿속에 퍼뜩 떠오르는 이름이 있었다.

'그래! 영실이라면 한번 해 볼 만하지 않을까.'

"알았다. 좀 생각해 볼 것이니 물러가 있다가 부르면 다시 오도록 해라."

조아명이 인사를 올리는 사이 세종은 시종 내시에게 지시를 내렸다.

"가서 장영실을 불러오거라."

"네이~."

돌아서서 나오던 조아명은 장영실이란 이름에 멈칫했다.

'장영실이라고? 정인지가 아니고?'

들어 본 이름 같기도 하고 모르는 이름 같기도 했다.

'하긴 상관없지. 세계 최고의 명나라 산술을 감히 누가 상대하겠어.'

게다가 세종에게 말한 것과는 달리 왕 메이 룽은 산술에 일가견이 있는 인물이었던 것이다.

자신에게 내려질 상이 벌써부터 눈앞에 어른거리자 조아명은 후끈 달아올랐다.

숙소인 태평관으로 돌아온 왕 메이 룽은 아

사신들의 숙소, 태평관

조선 시대에 명나라 사신을 접대하고 유숙하게 했던 태평관. 지금의 서울 태평로에 있었다. 중앙에 전이 있고 건물의 동, 서쪽에는 행랑채가 자리 잡았으며 뒷결에는 누각이 세워져 있었다. 태평관에 중국 사신이 머물게 되면 그 뒤쪽으로 태평관 후시라는 시장이 섰고 사신을 따라 온 중국인들이 가지고 온 진귀한 물건과 우리나라 토산품과의 물물교환이 이루어졌다.

무리 생각해도 흐뭇한지 연신 싱글벙글이었다.

"받아갈 말이 오천 필로 늘었습니다."

호위 무사는 대단한 기적이라도 본 얼굴이었다. 왕 메이 룽은 한껏 거드름을 피우며 대꾸했다.

"그게 순발력이라는 거다. 상대가 당황하는 순간 재빨리 조건을 상향 조정하는 거지."

"조선 왕의 표정이 볼 만했습니다."

"나도 봤다."

"우아, 오천 필이면 도대체 얼마야. 황제 폐하께서도 무척 좋아하시겠습니다."

"쯧쯧."

왕 메이 룽은 혀를 찼다.

호위 무사는 자기가 뭘 잘못했나 싶어서 당황스런 표정을 지었다.

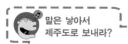

말은 낳아서 제주도로 보내라?

'사람은 낳아서 서울로 보내고, 말은 낳아서 제주로 보내라'는 말이 있을 만큼 제주도는 말로 유명하다. 세종의 통치 당시, 제주도 땅은 거의 말들의 목초지로 운영되고 있었다. 제주도의 종자는 특히 그 몸집도 크고 힘이 좋았다고 한다. 고려 때 들여온 몽고 말이 시초라고 하는데, 성격이 온순하고 체질이 건강하여 병에 대한 저항력과 생존력이 강했다.

"니가 그래서 큰 인물이 못 되는 거다. 기다려 봐라. 내가 그 오천 필을 다시 일만 필로 바꾸어 놓을 테니."

"네? 일만 필이요?"

뭐가 어떻게 돌아가는지 종잡지 못하는 호위 무사가 재미있다는 듯, 왕 메이 룽은 낄낄대며 웃었다.

그 웃음소리는 마치 조선에서 말이라는 동물 자체를 없애 버리겠다는 선전 포고처럼 들렸다.

너만 믿는다, 영실아

"에잉, 명나라 첩자 같은 놈."

눈길은 다른 데 두고 있었지만 최해산이 누굴 탓하는지는 안 봐도 뻔했다.

노빈손은 고개를 푹 숙인 채 최해산의 눈치만 살폈다. 또 때리지는 않겠지만 제대로 찍혔으니 후유증이 얼마나 갈지는 알 수 없었다.

장영실의 눈길도 곱지 않았다.

"되도 않는 작문은 왜 해서 이런 꼴을 당하는 거냐. 산술이나 잘할 일이지."

"나 대형사고 한번 칠까 봐."

뜬금없는 최해산의 말에 장영실이 되물었다.

"무슨 사고요?"

"명나라 사신 놈 숙소에다 폭탄을 설치해서 한방에 날려 버리는 거지."

"그걸 지금 말이라고 해요? 그랬다가 꼬투리를 잡혀서 명나라가 군대라도 움직이면 어떻게 하려고."

> **조선에서 출세한 외국인**
>
> 귀화한 후 조선에서 관직을 받은 외국인의 사례는 헤아리기 힘들 정도로 많다. 그중 가장 유명한 인물이 실록에도 빈번하게 등장하는 여진족 동청례 장군이다. 이민 2세대였던 동청례는 서족 시절에 무과에 급제했고 연산군 시절에는 왕실 경호대장의 자리에까지 올랐다. 귀화한 외국인이 청와대 경호실장에 올랐다는 얘기는 들어 본 적이 없으니 그 부분에선 조선 시대가 지금보다 훨씬 개방적이고 유연한 사회였던 셈이다.

"야야, 말이 그렇다는 거지."

속이 답답한지 가슴을 탕탕 두드리던 최해산은 술을 찾았다.

"아무래도 한잔 마셔야겠다. 얹힌 것 같아."

신임을 회복할 기회를 엿보던 노빈손이 슬그머니 대화에 끼어들었다.

"저, 그럼 제가 어디 가서 안주거리라도 마련해 올까요?"

최해산은 이죽거리듯 대꾸했다.

"안주? 옥반가효는 만성고(옥쟁반에 아름다운 안주는 만백성의 기름)라며."

여전히 연회장에서 있었던 실수를 물고 늘어지는 최해산의 말에 노빈손은 바로 입을 닫았다. 이 아저씨, 정말 왜 이러시냐.

"영실이 있는가?"

시종 내시가 문 앞에서 장영실을 찾고 있었다.

조선 초기의 대일 무역

세종 25년, 대마도와 계해조약을 체결하여 왜구와의 무역을 허락했다. 왜인들을 통제하기 위해 담을 쌓아 거주지를 지정했는데 제포, 부산포, 염포 세 곳이었다. 당시 무역은 대등한 것이 아니라 조선이 일본을 돕는 형식이었다. 조선은 소량의 진상물을 받는 대신에 양곡과 옷감, 서적, 의약품 등 한 단계 높은 물건들을 제공했다. 조선에 한번 다녀가면 막대한 이익이 생겼으므로 조선으로 오려는 왜인들의 숫자는 갈수록 늘어났다. 조선 시대 판 '코리안 드림'이었다.

"예. 웬일이세요?"

"전하께서 급히 찾으시네. 빨리 나서게."

"전하께서 저를요?"

장영실은 무슨 일인가 긴장한 채 시종 내시를 따라 나섰다.

최해산과 단 둘이 남은 노빈손은 가시방석이 따로 없었다.

"뭘 봐!"

힐끔 곁눈질을 하는 노빈손에게 최해산이 기다렸다는 듯이 쏘아붙였다.

"아니, 그게… 저… 화장실이 어디 있는지……."

"가던지 싸던지 네 맘대로 하세요."

헉! 정말이지 너무하시네.

"영실아, 너 산술을 좀 하지?"

세종의 뜬금없는 질문에 장영실은 당황했다.

항상 뭔가를 궁리하던 세종인지라 앞뒤 없는 질문을 많이 받아 보았지만, 이번만큼은 이유를 짐작할 수 없었다.

"주세걸의 『산학계몽算學啓蒙』, 양휘의 『양휘산법楊輝算法』, 그리고 안지제의 『상명산법詳明算法』 등을 봤습니다."

"볼 책은 다 봤구나."

장영실의 머리에 반짝하고 불이 들어왔다.

"혹시 명나라 사신단과 관계가 있는 건가요?"

"눈치 빠르네. 실은 사신단과 공물을 걸고 내기를 할 생각이다."

"네?"

장영실은 놀라서 입이 떨어지지 않았다.

공물을 걸고 내기를 한다는 말도 충격이었지만, 명나라의 산술이라면 책을 읽다가도 그 한량없이 넓은 깊이와 폭에 탄복했던 적이 한두 번이 아니었기 때문이다.

『산학계몽』

원나라 수학자 주세걸이 지은 책. 초보자용 수학 서적으로 한국과 일본에서 교재로 채택되었다. 주세걸의 또 다른 저작으로 『사원옥감』이 있는데 수학 서서로의 가치는 『사원옥감』이 훨씬 높다. 4개의 원소라는 의미의 4원은 '천원술'을 기본원리로 한 독창적인 발상으로 4개의 미지수를 대수방정식으로 푸는 방법이다. 연립방정식의 풀이와 14차방정식이라는 고도의 방정식을 제시하여 중국 대수학 발전의 절정을 이루었다.

"그러면 정인지 대감을 부르시지, 왜 저를……."

"정인지는 명쾌하고 회전이 빠른 사람이지. 그러나 원칙에는 강하되 응용에는 조금 떨어진단다."

"하지만 명나라와의 내기라니… 정말 자신이 없는데요……."

"나는 항상 너를 믿었고 내 생각은 빗나간 적이 없었다. 영실아, 나는 너를 믿는다."

장영실은 자신을 바라보는 세종의 눈길에서 무한한 신뢰를 느낄 수 있었다.

"만약 지게 되면 저를 크게 벌해 주십시오."

세종은 평소와는 달리 엄한 말투로 대답했다.

"지면……."

장영실은 침을 꿀꺽 삼켰다. 무슨 말을 하시려는 걸까.

"안 된다."

왜였을까. 이상하게도 장영실에게 그 말은 오히려 든든한 응원처럼 들렸다.

장영실은 대답 대신 살짝 웃어 보였다.

세종은 여느 때처럼 온화한 낯빛으로 돌아와 있었다.

누구세요, 아저씨?

궁궐 생활(?)이 처음은 아니지만 혼자서 돌아다니려니 여간 어색한

게 아니었다.

게다가 마주치는 사람들마다 의심쩍은 눈빛으로 아래위를 훑어보았기 때문에 노빈손은 마치 동물원을 탈출한 원숭이라도 된 기분이었다.

어떤 이들은 노빈손을 중국 사신단의 일행쯤으로 여기는지, 등뒤로 쑥덕거리는 소리가 들려 왔다.

"사신단 일행인가? 머리가 왜 저래?"

"그러고 보니 생김새도 이상해. 해괴한 인상이군."

도대체 그놈의 머리 타령은 끝날 줄을 모르네. 그 고생을 하고도 이나마 남아 있는 게 어디야. 한숨을 내쉰 노빈손은 몇 올 남지 않은 머리를 소중하게 쓸어 넘겼다.

구시렁거리며 걷다 보니 어느새 후원이었다.

내시부 소속 상원 몇이 구슬땀을 흘리며 나무를 다듬고 있었다. 다행히 다들 바쁜 듯 노빈손에게 신경을 쓰는 사람은 없었다.

'딱이네. 그늘진 곳도 많고.'

눈에 잘 띄지 않는 구석을 찾아 쪼그리고 앉자 긴장이 풀어지면서 졸음이 밀려왔다.

"에라, 일단 한잠 자고 보는 거야."

취침 전 간단한 식사가 빠진 게 아쉽기는 했지만 어쩌랴.

머릿속에서 자장면과 짬뽕이 뒤얽혀 힙합을 추는 가운데, 노빈손은 정신없이 잠에 빠져 들었다.

사관들의 기록 요령

속기사도 아니고 사관이 왕의 일거수일투족을 완벽하게 글로 옮길 수는 없었다. 그래서 회의에 참석하는 시관을 둘을 두어 왼쪽에 앉은 사관은 임금의 동작을, 오른쪽에 앉은 사관은 임금의 말을 기록했다. 동작까지 기록을 했으니 나중에 말을 바꾸는 것은 원천적으로 불가능했다. 게다가 임금은 실록을 마음대로 꺼내 볼 수가 없었기 때문에 항상 말과 행동을 조심했다.

"엇, 추워."

눈을 떠 보니 사위가 캄캄한 한밤중이었다.

춥고 떨리고 배고프고. 하여간 평소 노빈손이 가장 꺼려하는 증세가 복합적으로 밀려왔다.

비에 젖은 강아지처럼 부르르 몸을 떨던 노빈손은 발치 앞에서 반짝이는 인광에 소스라치게 놀랐다.

"으헉!"

눈을 가늘게 뜨고 보니 사람이었다. 덩치가 큼직한 애꾸눈의 사내가 노빈손을 바라보고 있었다. 마른 침이 연신 목울대로 넘어갔다.

귀신인가 싶었지만 나지막하게 숨소리가 들리는 걸 보니 그건 아닌 것 같았다.

'아하! 말을 안 하는 걸 보니 중국 사신단인 모양이군. 궁궐에서 길을 잃었나? 일단 인사나 해야지.'

신문 한 귀퉁이에서 읽었던 중국어 회화 한마디를 기억해 낸 노빈손은 더듬거리며 입을 열었다.

『칠정산내외편』

세종의 명에 의해 이순지, 김담 등이 이슬람의 역법을 연구하여 10여 년 만에 완성한 역법서이다. 이후 칠정산은 서양의 역법체계인 시헌력이 효종 시절에 들어올 때까지 사용된 유일무이한 조선용 역법이었다.

"저기…요…. 니 하오(안녕하세요)?"

반응이 없었다.

'이거 말고 뭐가 또 있었는데?'

미간에 주름을 잡은 채 머리를 짜내는 노빈손에게 애꾸눈은 대뜸 둘둘 말린 편지 한 장을 내밀었다.

엥? 이건 또 무슨 시추에이션이래?

108

노빈손은 편지를 펼쳐 보았다. 아무것도 쓰여 있지 않은 백지였다.

고개를 들어 보니 어느 틈엔가 애꾸눈은 사라지고 주변은 어둠 천지였다. 슬금슬금 공포가 밀려왔다.

"…귀신이 맞나 봐……."

갑자기 온몸의 털이 쭈뼛 서면서 소름이 끼쳤다.

노빈손은 벌떡 일어나 내달리기 시작했다. 그러나 몇 걸음 달리기도 전에 안면에 강한 충격을 느끼고 그 자리에서 기절해 버리고 말았다.

일꾼들이 쌓아 놓은 땔감 더미를 정면으로 들이받은 것이다.

신경전

"내기를 하자구요?"

왕 메이 룽은 마치 아무것도 모른다는 듯 눈을 크게 뜨고 세종을 쳐다보았다.

"그렇소. 내기 한번 합시다."

주변의 신하들을 다 물리친 편전에는 세종과 왕 메이 룽 두 사람뿐이었다.

왕 메이 룽은 여전히 세종의 말을 흘려듣는 표정이었다.

"허허, 세상에 내기를 할 일이 따로 있지."

"나, 진담이요."

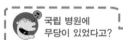

국립 병원에 무당이 있었다고?

조선 시대의 국립 의료기관인 활인서에는 의사와 약사 외에도 무당들이 있었다. 조선 초기만 해도 무당은 국가의 기우제를 담당하기도 했으며, 필요한 전문직으로 인정받았기에 병자에 붙은 귀신을 쫓는 역할을 맡고 의료기관에 소속되어 있었던 것이다.

"나라와 나라 사이의 공물을 두고 내기를 하자? 그게 조선의 법도요?"

"내기에 무슨 법도 따위가 있겠소. 다만 대사께서 내기를 즐기신다 하여 한번 제안해 본 것 뿐이지."

왕 메이 룽은 흥미가 느껴진다는 듯 비릿한 웃음을 날렸다.

"그럼 무슨 내기를 하자는 거요?"

"산술 문제로 합시다."

"지금 산술이라고 했소?"

"그렇소. 꼭 두 번씩 말하게 만드네."

그제야 왕 메이 룽은 정색을 했다.

"산술을 가지고 내기를 한다? 산술의 제국이나 다름없는 우리 명나라와?"

"왜, 부담되시오?"

왕 메이 룽은 허리를 잡고 웃었다.

"부담은. 걱정되서 그러는 거지. 그럼 조건은?"

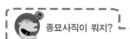
종묘사직이 뭐지?

사극을 보면 신하들이 임금에게 "종묘사직이 위태롭고…." 운운하는 장면이 나오곤 한다. 종묘란 왕가의 선조를 받드는 유교 사당이고, 사직은 국토와 곡식을 관장하는 신을 가리킨다. 즉 종묘와 사직이 망한다는 말은 나라가 망한다는 말과 같다.

"대사께서 문제를 내고 그걸 우리가 맞히면 공물을 다른 것으로 바꿔 주시오."

"만약 맞히지 못하면?"

"약속한 말의 두 배를 드리겠소."

왕 메이 룽은 뻔한 계산을 군이 손가락까지 펴 가며 하고 있었다.

"두 배면 일만 필이네? 좋소. 그럼 대

신 바치고 싶은 공물은 뭐요?"

"인삼이오. 금강산 인삼은……."

왕 메이 룽은 무례하게도 세종의 말을 중간에서 잘랐다.

"아아, 그만. 어차피 가져가지도 않을 거 알아서 뭐해."

세종은 서책 밑에서 미리 준비해 둔 계약서를 꺼냈다.

"그럼 여기에 이름 쓰시고 지장을 찍으시오. 그런데 조건이 있소. 이건 우리 둘만의 비밀 내기요."

"비밀? 계약서까지 준비해 놓은 것을 보니 애초부터 작심을 하고 내기를 청한 것 같은데, 나중에 이 일을 신하들에게 어떻게 설명하려고 그러서?"

"신경 쓸 것 없소. 내기하면서 그런 거 미리 대비 안 해 놨을까."

"책만 보는 얌전한 분이라고 들었는데 간이 크시네."

"보통은 책을 많이 볼수록 간이 커지지."

"간이 큰 거와 간이 부은 건 틀리지."

"'틀리지'가 아니라 '다르지'가 맞을 텐데?"

신경전을 벌이듯 날선 대화를 주고받던 두 사람의 시선이 날카롭게 부딪쳤다.

왕 메이 룽은 헛기침을 했다.

"재미있네. 좋소. 내일 점심 전까지 두 문제를 내오겠소. 물론 나도 답을 알고 있는 문제요. 기한은 하루를 드리겠소."

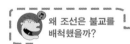

왜 조선은 불교를 배척했을까?

고려 말기, 거대해질 대로 거대해진 불교 사찰들의 부패와 타락은 매우 심각한 수준이었다. 당시 조선 건국 세력이었던 신진사대부들은 이러한 불교의 폐단을 못마땅하게 여겼고, 이 때문에 새로운 국가를 세울 때 유교를 숭상하고 불교를 배척하는 것을 건국 이념으로 삼았던 것이다.

왕 메이 룽의 말에 세종은 대답 대신 고개만 끄덕였다.

막상 내기를 청하기는 했지만 일만 필의 말이 주는 중압감은 엄청난 것이었다.

반면 편전을 나오던 왕 메이 룽은 회심의 미소를 지었다. 머릿속에 조아명이 보낸 편지가 떠올랐다.

장영실이란 자에게 내기를 맡길 모양입니다. 누군가 싶어 알아봤는데 상의원에서 궁중 물건이나 수선하는 자더군요. 소문을 들어 보니 산술에 제법 능하답니다. 아, 물론 조선에서나 통하는 얘기지요. 혹시 뭐가 더 있을지 몰라 뒤져 보기는 하겠지만 큰 걱정은 안 하셔도 될 것 같습니다.

세종의 속을 살살 긁어서 내기까지 끌어내 보겠다는 조아명의 말을 들었을 때만 해도 반신반의했으나, 이제는 눈앞으로 말 일만 필이 달려오는 것이 보이는 듯했다.

이번에야말로 황제 폐하의 신임을 제대로 얻을 거라고 생각하니, 왕 메이 룽은 마치 구름에라도 올라탄 기분이었다.

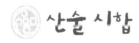

"야, 맡기신다고 덥석 받아 오면 어떻게 해?"

자초지종을 들은 최해산은 기가 막힌 표정이었다.

"그럼 어떻게 해요. 나보고 하라시는데."

장영실은 장영실대로 곤혹스러운 얼굴이었다.

"나 참, 미치겠네."

"아니, 일 맡은 건 난데 왜 형님이 미쳐요?"

"하도 용감한 동생을 둬서 그런다. 왜?"

두 사람이 실랑이를 하는데 노빈손이 방 안으로 들어섰다.

"너 어제 어디서 잤냐? 얼굴은 왜 또 그 지경이고?"

노빈손은 손으로 얼굴을 더듬어 보았다. 대충 느낌에도 안면에 요철이 심한 것이 평소보다 상태가 훨씬 더 나쁘게 느껴졌다.

"저기 후원에 놀러 갔다가 귀신을 봐서……."

귀신이란 말에 최해산은 버럭 소리를 질렀다.

"이젠 거짓말까지 해? 아주 다각도로 문제가 심각한 놈이네?"

장영실이 최해산에게 눈을 흘겼다.

"형님, 그만하세요. 당장 발등에 떨어진 불부터 꺼야 할 거 아니에요."

"에잉, 하여간에……."

최해산도 더는 어쩔 수 없다는 듯 깊이 심호흡을 하고는 자리에 앉았다.

세 사람 앞에는 장영실이 세종에게서 받아온, 왕 메이 룽이 보낸 보자기가 놓여 있었다.

독도는 우리 땅!

세종은 영토 개념이 뚜렷한 임금이었다. 그래서 대마도가 경상도 관찰사의 관할 구역이라는 것을 문서로 대마도주에게 알리게 하였고, 그저 '요도라는 섬이 동해 비디 기운데 있디'는 전설만을 의지해 독도를 찾아 나서게 했다. 신하들은 울릉도를 직접 방문해 조사하고 독도를 확인했다. 그리고 이 기록들을 모두 『세종실록지리지』에 남겼다. 일본이 나중에 막무가내로 우길 줄 아시고 기록해 두셨던 게지.

"그러니까 이게 말 오천 필, 아니 만 필짜리 보자기란 말이지."

장영실이 짜증을 냈다.

"부담되게 그 얘기는 왜 자꾸 꺼내고 그러세요."

최해산의 신경질이 애꿎은 노빈손에게 튀었다.

"노빈손 쟤는 여기 꼭 있어야 해?"

듣다 못한 장영실이 역정을 냈다.

"형님!"

"알았어. 알았으니까 일단 풀어 보자고."

장영실은 더는 기다릴 수 없다는 듯 보자기 매듭을 확 풀어헤쳤다.

보자기 안에는 일련번호가 매겨진 빨간색과 파란색 상자 두 개가 들어 있었다.

장영실은 떨리는 손으로 1번이 적힌 빨간색 상자의 뚜껑을 열었다.

나는 인생의 6분의 1은 소년이었고

그 후 12분의 1을 지나 수염이 났으며

그 후 또다시 7분의 1이 지나 결혼을 했다.

결혼한 지 5년 만에 아들을 얻었으나

아들은 나의 절반밖에 살지 못했다.

나는 아들이 죽은 뒤 4년 후에 세상을 떠났다.

내 인생을 나이별로 정리해 보라.

어라? 무슨 문제가 이래?

노빈손은 눈을 가늘게 뜨고는 다시 한번 문제를 읽어 보았다.

일차 방정식만 알면 대충 풀 것 같았다.

'좋았어. 이 문제를 풀어서 그간의 실수도 만회하고 귀염받고 사는 거야.'

노빈손이 슬슬 잘난 척을 해 보려는 순간, 눈을 감고 입술을 달싹거리던 장영실이 대뜸 답을 내놓았다.

"이 사람은 여든넷에 죽었네요. 열네 살까지 소년이었고 스물한 살 때 수염이 났어요. 서른세 살에 결혼을 했고 아들은 서른여덟에 얻었는데 그 아들은 마흔두 살까지밖에 못 살았네. 그때 이 사람의 나이는 여든 살."

허걱!

노빈손은 경악을 금치 못하고 뒤로 나가 자빠졌다.

답이 맞는지 어떤지는 모르겠지만 그걸 암산으로 해냈다는 사실이 너무나 놀라웠던 것이다.

"버… 벌써 풀었다고?"

최해산은 얼이 빠진 표정이었다.

장영실의 입에서 나온 해법은 더욱 기가 막힌 것이었다.

"이 사람이 죽은 나이는 6분의 1이나 12분의 1이나 7분의 1로 딱 나누어 떨어져야 하잖아요. 그래서 각각의 숫자를 계속 더해 봤죠. 그래서 겹치는 숫자를 보니까 84, 168, 252가

왕 메이 룽의
첫 번째 문제

왕 메이 룽이 낸 첫 번째 문제는 디오판토스의 묘비명을 그대로 옮긴 것이다. 디오판토스는 고대 알렉산드리아에서 활약한 그리스 출신의 수학자로 '대수학의 아버지' 혹은 '정수론의 아버지'로 불린다. 수학자답게 묘비도 수학적으로 썼고 덕분에 출생 등에 대한 기록이 전무함에도 불구하고 그의 일생을 짐작할 수 있다.

나오데요? 그런데 사람이 168살까지 살 수는 없잖아요. 그러니까 여든 넷에 죽은 거죠. 나머지는 거기 맞춰 계산하면 되구요."

'어어, 그런 황당한 계산법을?'

분명 장영실이 사용한 방법은 체계적이진 않지만, 그러나 과정이 뭐 중요하랴. 오히려 노빈손은 공식 없이 답을 낸 것이 더 놀라웠다.

장영실이 요즘 세상에 태어났다면 아마 영화〈뷰티풀 마인드〉의 실제 모델이라는 천재 수학자 존 내쉬 정도는 한 손에 쥐고 흔들었을 것이다.

"어, 이건 뭐죠?"

상자 밑바닥에는 편지 한 장이 놓여 있었다.

격려하는 건지 빈정대는 것인지 구분이 안 되는 왕 메이 룽의 서찰이었다.

> 푸셨는가. 우리 중국 사람, 그렇게 매정한 성격 아니거든.
> 처음부터 막히면 서로 재미없잖아? 이런 건 우리 명나라에
> 선 시골 말단 공무원도 5분 안에 푼다네. 다음 문제가 진
> 짜야. 그럼 즐겁게 푸셔.

파란색 상자를 푼 장영실은 끄응 하고 탄식부터 내뱉었다.

장영실의 어깨 너머로 문제를 본 노빈손도 머릿속이 하얘지는 느낌이었다.

둘레가 십만 리(40,000킬로미터)짜리 공이 있다. 이 공을 한 바퀴 감기 위해서는 당연히 십만 리 길이의 밧줄이 필요하다. 그런데 이 밧줄에 삽십 자(약 10미터)를 덧 이은 뒤 다시 공의 둘레에 감으면 공 표면과 밧줄 사이에는 약간의 틈이 생기게 된다. 이 틈은 과연 얼마나 될까.

1) 이십 자짜리 깃발이 꽂힌 황제 폐하의 가마 행렬이 느긋하게 지나갈 만큼

2) 사람 한 명이 지나갈 만큼

3) 고양이 한 마리가 지나갈 만큼

4) 개미 한 마리가 지나갈 만큼

117

둘레가 무려 십만 리짜리인 공에다 밧줄을 감아?

문제의 규모가 너무 크다 보니 아예 그림의 윤곽 자체가 떠오르질 않았다.

최해산부터 조심스럽게 의견을 내놓았다.

"겨우 삼십 자 늘인다고 크게 달라질 게 있겠어? 나는 4번."

장영실은 눈을 흘겼다.

"아예 점쟁이한테 찾아가서 찍어 달라고 하지 그래요?"

"허허, 이거 못 풀면 말 일만 필이 날아가는겨?"

최해산이 혀를 차며 혼잣말을 했다.

"말이니까 날아가는 게 아니고 달려가지 않을까요?"

노빈손은 괜히 싱거운 소리를 했다가 눈총을 맞고 쓰러졌다.

"밥이나 먹고 하자. 배가 든든해야 좋은 생각도 나지."

옛날 시간법

조선 시대에는 동물의 이름을 따서 시간에 이름을 붙였다. 자축인묘진사오미신유술해의 12개인데 자시는 밤 11시부터 다음 날 1시까지, 축시는 새벽 1시부터 3시까지 하는 식이다. 중간에 해당하는 시간은 그 뒤에 정을 붙였기에 오늘날에도 밤 12시를 자정이라고 부른다. 한 시간은 다시 4개의 각으로 나누었는데 오늘날의 15분에 해당한다. 그럼 인정 3각이면 몇 시를 말하는 것일까? 답은 오전 4시 45분이다.

최해산의 말에 장영실은 손은 내저었다.

"몇 시나 됐다고 벌써 밥을 먹어요?"

"지금 대충 신시 이각쯤 되지 않았을까?"

장영실은 말없이 주변에 놓인 네모 받침과 막대기, 그리고 작은 원반을 이리저리 조립하더니 뚝딱 이상한 물건 하나를 만들었다. 원반에 대충 눈금을 긋더니 그걸 가지고 밖에 잠깐 나갔다 들어온 장영실이 최해산에게 소리쳤다.

"신시는커녕 아직 미시도 안 지났구먼. 미시 되면 그때 가요. 생각 좀 해 보자구요."

최해산은 떨떠름한 표정이었다.

"하여간 내가 저 시계 때문에 못 산다니까."

'시계라고?'

장영실의 공작물을 유심히 보던 노빈손은 시계라는 말에 언젠가 책에서 보았던 그림이 떠올랐다.

'아! 저것이 그 유명한 현주일구?'

기록에만 남아 있고 현재는 전해지지 않는 휴대용 해시계다. 장영실은 필요할 때마다 현주일구를 조립해서 이용하곤 했던 것이다.

'정말 대단한 응용력이야.'

혀를 내두르는 노빈손에게 최해산은 애꿎은 화풀이를 했다.

"너, 왜 혀는 날름거리고 난리야. 지금 나 약 올리는 거지?"

"무슨 말씀이세요?"

언제 날아올지 모르는 최해산의 주먹을 경계하며 뒷걸음질 치는 노빈손의 뱃속에서 꼬르륵 소리가 들려왔다.

장영실은 어쩔 수 없다는 듯 자리에서 일어났다.

"갑시다, 가. 둘 다 배고프다 난리를 치니 집중이 안 되네."

세 사람이 자리를 뜨고 난 후 복면을 한 사나이가 스며들 듯 방 안으로 들어섰다.

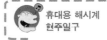

휴대용 해시계 현주일구

조선 시대의 휴대용 해시계로 세종 19년(1437년) 4월에 장영실, 정초, 이천 등이 만들었다. 왕이나 왕비가 거동할 때 신하들이 휴대하고 다니다가 시간을 알려주는 데 사용하거나 군사용으로도 활용되었다.

주위를 살피던 복면은 서가에 꽂힌 책들을 유심히 바라보다가 그중 하나를 품에 넣고는 그림자처럼 방을 빠져나갔다.

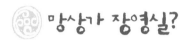 망상가 장영실?

"이게 도대체……."

작은 책자를 넘기던 조아명은 경악을 금치 못했다.

『장영실의 상상공장』이라고 적힌 책 안에는 이제껏 조아명이 듣도 보도 못한 온갖 놀라운 그림들이 잔뜩 그려져 있었던 것이다.

"뭐가 잘못됐습니까?"

애꾸눈이 성한 한쪽 눈을 끔뻑거리며 물었다.

"이거 아주 미친 놈 아니야?"

조아명은 믿어지지 않는다는 듯 고개를 흔들고는 다시 책에 고개를 묻었다.

 태형이란?

작은 곤장으로 볼기를 치는 조선 시대의 형벌로 고려 시대부터 시작되었다. 가장 가벼운 형벌에 속하며, 지은 죄의 경중에 따라 10대부터 50대까지 5등급으로 나뉘었다. 70세 이상의 노인과 임산부, 15세 이하의 어린이와 폐질환 환자는 벌금형으로 대체할 수 있었다.

"물속으로 다니는 배… 하늘을 나는 마차… 아예 꿈을 옮겨 적었구먼 그래. 그런데……."

"예?"

조아명은 마른 침을 삼켰다.

"설명은 아주 그럴듯해……. 이대로 한 번 만들어 보고 싶을 정도로."

슬그머니 불안감이 밀려왔다.

혹시 장영실이란 자가 겨우 상의원 수리공이 아니라 자신이 상상치
도 못했던 놀라운 재능의 소유자라면?

우려를 털어 내려는 듯 조아명은 또 한 번 고개를 설레설레 흔들었다.

"그런데 나리……."

"또 뭐야?"

"아까 책을 훔치러 갔다가 재미있는 것을 보았지 뭡니까?"

조아명의 눈초리가 신경질적으로 올라갔다.

"그 장영실이란 놈 말입니다. 예전에 제가 최하원의 집을 감시할 때 봤던 바로 그놈이던데요."

"뭐야?"

조아명은 버럭 소리를 질렀다.

"왜 그 얘기를 이제 해?"

"천천히 말씀드리려고… 책을 너무 재미있게 보시는 바람에 방해할 수가……."

"이런 젠장. 너, 이 책 다시 가져다 놓고 와. 나는 생각을 좀 해 봐야 겠다."

뭔지 모를, 그러나 왠지 현실로 다가올 것 같은 불길한 예감이 조아 명의 머릿속을 휘젓고 있었다.

'느낌이 좋지 않아.'

생각지도 않은 고민거리를 만난 조아명은 신경질적으로 입술을 잘근잘근 깨물었다.

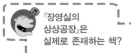

『장영실의 상상공장』은 실제로 존재하는 책?

그랬으면 얼마나 좋을까. 아쉽게도 작가가 만들어 낸 가공의 책이다. 그러나 우리 조상들이 남긴 기록들을 보면 하늘을 나는 비거나 잠수선, 바퀴 달린 신발 등 상상 속에서는 얼마든지 가능한 물건들이 등장한다. 시대를 앞서 간 장영실이 그 정도 공상(?)도 하지 않았을 리가 없지 않은가.

해법

"애개, 먹으러 간다는 게 겨우 이거였어요?"

최소한 백숙이나 족발 수준을 기대하고

따라나섰던 노빈손은 막상 상차림을 보자 실망을 금치 못하고 입을 삐죽 내밀었다. 개다리소반에는 배 몇 개와 파전 두 장만 달랑 올라와 있었다.

최해산은 그 말을 기다렸다는 듯이 그릇을 자기 쪽으로 끌어당겼다.

"싫으면 먹지 말든가. 요새 가뭄이라는 말도 못 들었어?"

"아유, 무슨 말씀을. 싫다니요."

서둘러 손사래를 친 노빈손은 덥석 배 하나를 집어 들었다.

투정을 부리기는 했지만 꿀물이 줄줄 흐르는 배를 보자 군침이 절로 넘어갔다. 이 시국에 배가 어디야.

최해산은 이미 하나를 다 먹고 두 개째에 도전 중이었다. 질세라 노빈손도 속도를 올렸고 장영실만 식욕이 없는 듯 젓가락을 들었다 놨다 하고 있었다.

"좀 먹어 봐."

배 하나를 장영실에게 흔들어 보이던 최해산은 갑자기 킥 하고 웃음을 터트렸다.

"이제 보니 이 배, 저놈하고 많이 닮았네?"

으잉?

배를 우적 깨물던 노빈손은 짜증난다는 듯 최해산을 째려보았다.

"아니 왜, 사람을 먹는 거랑 비교하고 그러세요?"

최해산은 빈손이를 놀려 먹는 게 재미있는

개다리소반

다리가 개의 다리 모양을 하고 있는 소반. 구족반이라고도 한다. 상의 모양은 12각형이나 원형을 이루고 있으며 각을 넣은 다리가 밖으로 둥글게 벌어지면서 발끝이 안으로 굽어져 무거운 상을 지탱하는 힘이 배가 되도록 설계되었다. 은행나무나 느티나무로 만들었고 충청도 지방에서 많이 생산되었기 때문에 충주반이라고도 한다.

지 실실 웃었다.

"내가 언제 너보고 배랑 닮았다고 했냐. 배가 너랑 닮았다고 했지. 그나저나 산술 천재라더니 저 녀석은 왜 저리 존재감이 없냐?"

'쳇, 그 말이나 그 말이나……'

구시렁대며 배를 바라보던 노빈손은 문득 떠오른 아이디어에 무릎을 쳤다.

'아하! 그렇지! 굳이 커다란 공을 떠올려 가며 고민할 게 아니라 저 배를 공이라고 생각하면 되겠네.'

생각을 풀어나가던 노빈손은 갑자기 전율이 밀려오는 듯 부르르 몸

을 떨었다.

"저 녀석 왜 저래? 무슨 불치병 있는 거 아니야?"

노빈손은 환하게 웃으며 천천히 입을 열었다.

"영실이 형, 나 그 문제 푼 거 같아."

"뭐라고?"

"정말?"

반신반의하면서도 기대감에 찬 최해산과 달리 노빈손을 보는 장영실의 눈가에는 불편한 기색이 역력했다.

노빈손식 명나라 산술 해법

그냥 생각하면 40,000킬로미터에 10미터를 더해도 별 차이 없을 것처럼 느껴진다. 원둘레에 비하면 10미터는 아주 미세한 길이이고 따라서 개미나 아메바 정도가 통과할 거리가 나올 거라고 추리하기 쉽지만, 실제로는 어떨까?

공의 반지름을 r라고 하고 밧줄의 길이를 10미터 늘렸을 때, 공의 표면과 밧줄 사이에 생기는 약간의 틈을 h미터라고 보자. 그러면 늘어난 밧줄의 길이는 $2\pi(r+h)$미터. 원래 밧줄 길이가 $2\pi r$미터이니까 거기에 10미터를 더하면 $2\pi r+10$미터. 그러니까 $2\pi r+10=2\pi(r+h)$미터가 되고 h는 약 1.6미터를 얻게 된다.

즉, 답은 '2) 사람 한 명이 지나갈 만큼'이다.

거짓말

아침을 먹는 둥 마는 둥 숟가락을 내려놓은 세종은 깊은 시름에 잠겨 있었다.

'내가 너무 경솔했구나. 아무리 조아명의 의견이 그럴듯하고 영실이가 있다지만 너무 성급했어.'

지금이라도 내기를 무르고 싶은 것이 세종의 심정이었다.

"전하, 장영실이 왔습니다."

시종 내시의 말에 세종은 쩝 하고 입맛을 다셨다. 벌써 풀었을 리는 만무하고 아마 자신 없다며 다시 가져온 것이리라.

과연 장영실의 얼굴에는 그늘이 잔뜩 져 있었다.

"전하."

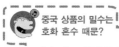

중국 상품의 밀수는 호화 혼수 때문?

개념 없는 상류층들의 허영심은 예나 지금이나 다름없는 모양이다. 중종 때에는 오늘날의 밍크코트에 해당하는 초피(족제비 가죽) 저고리가 상류층에 유행하여 사회 문제가 되었고, 우암 송시열은 혼인 비용 사치가 심하여 딸 가진 집에서 빚을 내어 혼수를 하는 것을 한탄하는 상소를 올렸다. 이 모든 물건들은 '메이드 인 차이나'였고 때문에 국경 부근에서는 고가의 밀무역이 성행했다.

"오냐."

"문제가 너무 어려워서… 이런 문제는 난생처음 보는 것이라……."

"…어쩔 수 없지."

"시간이 좀 걸렸네요."

장영실의 말에 세종은 자리에서 벌떡 일어났다.

"뭐라고? 그럼 문제를 다 풀었다는 말이냐?"

"네. 전하."

장영실은 쑥스러운 듯 머리를 긁적였다. 세종은 체통도 잊은 채 벌떡 일어나 장영실의 손을 덥석 잡았다.

"십 년 감수라는 말이 이런 거구나. 내 아까부터 일각이 정말로 삼 년 같았느니라."

"심려를 끼쳐 드려 죄송합니다."

"훌륭해. 이런 어려운 문제를 정말 네가 다 풀었단 말이냐?"

세종의 칭찬에 장영실의 표정이 살짝 굳어졌다.

마음은 진실을 말해야 한다고 보챘지만 막상 입은 다른 대답을 하고 있었다.

"…네."

"하하하. 갑자기 왜 왕 메이 룽의 얼굴이 이렇게 보고 싶단 말이냐. 이봐라, 당장 태평관으로 가서 왕 어쩌구 하는 자를 데리고 와라."

통쾌하게 웃는 세종과 달리 얼결에 거짓말을 한 장영실의 얼굴은 밝지 않았다.

또 다른 내기

세종이 펼쳐 놓은 답안지를 본 왕 메이 룽의 얼굴은 흙빛으로 변했다. 거기에는 문제에 대한 답은 물론이고 풀이법까지 친절하게 적혀 있었다.

이혼당한 조선 여인의 운명

조선 시대에 이혼당한다는 것은 여자에게 있어 끝을 선고받은 것이나 다름없었다. 사실상 재혼도 할 수 없었고 자립하는 것 또한 불가능했기 때문이다. 이러한 여자들을 구제해 줄 수 있는 풍속이 있었으니 바로 습첩이다. 소박맞은 여자가 새벽에 성황당 길에 나가 서 있으면, 처음 그녀를 발견한 남자가 책임지고 무조건 배필로 맞아야 한다는 희한한 풍속이다.

'이건 꿈이야. 절대 이럴 수 없지.'

왕 메이 룽은 자신의 볼을 꼬집었다.

"아얏!"

세종은 슬슬 약을 올렸다.

"골라 보낸 산술 문제라 나도 기대를 많이 했는데 이렇게 허무하게 끝나니 너무 아쉽네. 너무 봐주신 거 아니오. 조선에선 골목길에서 자치기 하는 아이들도 푸는 문제인데."

세종은 계속 이죽댔고 왕 메이 룽의 얼굴은 분노로 일그러졌다.

"자, 그럼 약속한 대로 공물은 인삼으로 받아가는 거요. 사나이끼리의 약속이니 설마 저버리진 않겠지."

일순간에 말 오천 필이 날아가고 풀뿌리만 남는 상황이었다.

그러나 왕 메이 룽은 기막히게 두뇌회전이 빠른 사나이였다. 악착같이 표정 관리를 해 가며 반전의 기회를 노리던 왕 메이 룽은 뜻밖의 말을 던졌다.

"내기 한 번 더 합시다."

기습처럼 던진 왕 메이 룽의 말에 이번에는 세종이 놀랐다.

"뭐요?"

"아니, 왜 놀라시오? 내기 한 번 더 하자는데."

하멜 표류기가 아니라 하멜 탈출기?

효종 4년(1653년) 실록에 보면 38명이 타고 있는 난파선이 제주도 해안에 표류했다고 쓰고 있다. 바로 하멜 일행이다. 그들은 조선을 고려로 알고 있었고 제주도를 물으니 오질도라고 대답했다. 조정에서는 이들이 화포를 능숙하게 다뤘기 때문에 시위군에 편입시켰으나 고향에 보내 달라며 난동을 부렸다. 난동 사건으로 인해 지방으로 쫓겨 간 하멜 일행은 현종 7년, 8명이서 작은 배를 훔쳐 타고 일본으로 탈출했다. 그들에게는 표류기이자 탈출기였다.

"허어, 내기는 끝난 것 아니오?"

"조선에서 내기를 하자 하여 내가 들어주었으니 이번에는 내 청을 한 번 들어 달라는 거지요. 그래야 공평한 거 아니겠소."

세종은 어이가 없어 왕 메이 룽의 얼굴을 바라보았다. 본전을 찾겠다고 나서는 것은 이해할 수 있었지만 이렇게 뻔뻔하게 나올 줄은 몰랐던 것이다.

"대사도 참으로 난감한 사람이오. 또 어떤 내기를 하자는 거요?"

왕 메이 룽은 기다렸다는 듯이 대꾸했다.

"대포 멀리 쏘기 시합을 합시다. 종이에 숫자 몇 개 적어 놓고 끼적대는 것보다 야외에서 시원스럽게 하는 게 남자답고 그림도 좋잖소?"

예상 밖의 제안에 세종은 의구심을 떨칠 수가 없었다.

물론 명나라의 대포가 멀리 나가기로 유명한 것은 자타가 공인하는 사실이었다. 그러나 조선의 대포 기술도 결코 만만치 않았다.

자신이 즉위한 지 얼마 되지 않아 명나라 사신 황엄과 유천이 다녀간 적이 있었다. 당시 환영 행사로 불꽃놀이 시범을 보여 주자 그들은 그 위력에 놀라 몹시 당황스러워했다.

'이 자는 소문에 어두운 것인가, 아니면 자신감이 지나친 것인가.'

그러나 왕 메이 룽에게도 그 나름의 계산이 있었다. 조아명의 보고에 의하면 현재 조선에는 쓸 만한 화약 기술자가 없을 터였다. 일부는 포섭했고 말을 듣지 않는 자는 파묻어 버렸다고 했으니 조선의 대포는 무용지물인 셈이었다.

왕 메이 룽은 여유를 되찾고 있었다.

"내기 조건은 이렇소. 내가 이기면 약속대로 말 오천 필과 금은을 주고, 조선이 이기면 아무것도 주지 않아도 좋소. 그리고 흉년이 가실 동안 당분간 공물 얘기를 꺼내지 않겠소."

인삼은 물론이고 당분간 공물 요구도 하지 않겠다니 귀가 솔깃해지는 제안이었다.

세종도 믿는 구석이 있었다.

고려청자

고려 시대에 제작된 도기와 자기를 말한다. 선사 시대부터 발전되어 온 도기질요업과 9세기 경 중국으로부터 받아들인 청자 제작기술을 바탕으로 한 자기질요업이 확대되면서 도기질과 자기질로 양분되었다. 커다란 독 같은 저장용과 대접, 접시, 병 등 음식용, 그리고 의례용구나 문방구, 다기 등 고려의 불교문화와 귀족생활문화를 반영하는 고급청자, 이렇게 세 종류로 분류할 수 있다.

장영실이 제 몫 이상을 해 주기는 했지만, 산술 시합은 분명 운에 맡긴 부분이 없지 않았다. 그러나 대포 시합이라면 믿음직한 최해산이 있지 않은가.

"실은 대사께 부탁할 것이 하나 있었소. 그것까지 내기 조건에 넣읍시다."

"뭐요?"

"국경 근처에 오랑캐가 있소이다. 토벌을 하고 싶으나……."

왕 메이 룽은 세종이 하고 싶은 말을 알아들었다.

"국경 너머로 군대를 움직이는 것이 부담스럽다, 이 말 아니오."

"과연 눈치 하나는 빠르시오."

"좋소. 그것까지 내가 감당하리다. 황제께 말씀드려 조선의 거병을 오랑캐 토벌로 이해해 달라 말씀드리겠소. 그럼 이번에는 내 차례요."

"아니, 그게 무슨 말이오?"

"가는 게 있으면 오는 것도 있어야지. 우리 황후 마마께서는 예쁜 도자기를 좋아하거든. 내가 이기면 고려청자 천 점을 더 얹어 주시오."

"청자를 천 점이나?"

놀라는 세종을 본 척 만 척 왕 메이 룽은 더욱 황당한 요구를 이어 붙였다.

"아직 안 끝났소. 우리 명나라, 땅이 넓고 할 일이 많아 인재가 많이 필요하오. 그러니 이번에 돌아갈 때 조선의 과학기술자 삼백 명

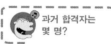

과거 합격자는 몇 명?

조선 시대의 과거시험에서는 문과 급제자를 33명, 무과 급제자를 28명 선발했다. 그러나 조선의 관직은 대략 500여 자리. 워낙에 관직 자리가 적었던지라 많은 사람들이 시험에 합격했으면서도 나라의 부름을 받지 못하고 명예만 가지고 있었다고 한다.

을 넘겨 주시오."

세종은 고민에 빠졌다.

왕 메이 룽의 이야기는 전 종목에 걸쳐 공물을 걷어가겠다는 얘기였다. 게다가 과학기술자 삼백 명을 빼 간다면, 왕위에 올라 이제껏 추진해 온 과학입국의 뼈대가 고스란히 명나라로 넘어가는 것이다.

이야기를 없었던 것으로 하든지, 아니면 위태하기 짝이 없는 내기에 전부를 걸어야 하는 상황에서 세종은 마침내 결정을 내렸다.

"좋소. 합시다. 마지막으로 한 가지를 더 조건으로 걸고 싶소만."

"아, 또 뭐야?"

"이 내기가 마지막이오. 이번 내기가 끝나면 더는 내기를 하지 않겠다는 것도 조건에 넣읍시다."

"바라던 바요. 대포를 끌고 오는 데 필요한 시간이 보름이요. 여기서 가야 하는 일정도 있으니 한 달 후에 하도록 합시다. 그럼 난 이만."

편전에 홀로 남은 세종은 이마에 손을 얹은 채 생각에 잠겼다.

'화살이 시위를 떠났구나.'

한 점 과녁을 향해 날아가는 살처럼 세종의 마음도 차츰 가지런히 모아지고 있었다.

다가오는 위협

"그놈이 기어이 내 앞길에 재를 뿌리는구나."

조아명은 부드득 이를 갈았다.

도대체 장영실이란 놈은 어떤 놈이기에 그 어려운 문제를 하루 만에 풀었단 말인가.

힐난과 협박으로 가득 찬 왕 메이 룽이 보낸 편지를 읽던 조아명은 고개를 갸우뚱했다.

"이건 또 뭔 소리래? 왜 서신에 답장을 안 주냐니? 야, 너 제대로 전한 거 맞아?"

"물론입니다. 후원에서 확실히 전달했습니다."

"그쪽에서 빈손으로 돌아갔다잖아?"

"분명 중국말을 하고 있었고, 어둠 속에서 봤지만 생김새도 우리나라 사람이 아니었습니다."

조아명은 눈살을 찌푸렸다.

'젠장, 마가 끼었나? 왜 이리 징조가 좋지 않지?'

"너, 이번에 제대로 한 건 올려야겠다. 가까이 와 봐."

애꾸눈에게 귓속말로 뭔가 지시를 내린 조아명은 마음을 가라앉히고 조심스럽게 편지를 썼다.

면목이 없습니다. 장영실이란 놈이 그렇게 영리한 놈일 줄은 몰랐습니다. 제가 책임지고 그 자가 들것에 실려 나가도록 하겠습니다. 또한 이번 대포 멀리 쏘기 시합의 최대 걸림돌은 최해산이라는 대포 전문가입니다. 이자 역시 장영실과 같은 운명이 될 것입니다.

조아명은 다시 한번 이를 바드득 갈았다.

앞길을 가로막는 것은 무슨 수를 써서라도 제거하고 말겠다는 섬뜩한 의지가 그 눈에 들어 있었다.

세 가지 피해야 할 것

"허참, 그 녀석 은근히 기특하네."

연신 헛기침을 해 대면서 최해산은 곁눈질로 노빈손을 힐끔거렸다. 산술 문제를 푼 공로로 그간의 죄과(?)를 다 용서해 주기로 마음 먹은 것이다.

노빈손은 모른 척 능청을 떨면서 홀쭉하게 꺼져 버린 배를 쓰다듬었다.

"어이구, 뱃속이 비니까 현기증이 다 나네."

기다렸다는 듯이 최해산이 허옇게 웃었다.

"어, 그래? 나도 마침 출출하던 참인데. 이봐, 빈손이. 우리 뭐 좀 먹으러 갈까?"

이봐, 빈손이? 내 참 말투하고는.

노빈손은 터져 나오는 웃음을 참으며 고개를 끄덕였다.

과거시험을 대신 봐 주는 사람들

조선 시대 과거시험장에는 전문으로 시험 부정을 도와주는 '꾼'들도 있었다. 과거 답안지를 대신 지어 주는 사람을 거벽이라 불렀고 글씨를 응시생 대신 써 주는 사람은 사수라고 했다. 예나 지금이나 공무원이 되고 싶은 사람들의 욕구는 꽤 장한 모양이다.

134

"근데 뭘 먹죠? 또 배뿐이라면 사양하고 싶거든요."

"먹을 건 내가 챙겨왔다."

문이 열리면서 들어온 사람은 세종이었다.

"아니, 전하?"

먹을 것을 잔뜩 담은 광주리를 시종에게 들린 세종이 미소를 지은 채 세 사람을 보고 있었다.

"이 아이는 어디서 본 거 같은데?"

"지난번에 인사를 올렸습니다. 궁에 새로 들어온 인재라고⋯⋯."

"아하! 기억 나. 저 독창적인 머리 모양. 그런데 왜 또 여기에 들었나? 제용감으로 보낸다고 하지 않았나?"

웬일인지 장영실은 좌불안석이었다. 사정을 알 리 없는 최해산이 노빈손을 추켜세우고 나섰다.

"저도 처음에는 이놈이 아주 심하게 마음에 안 들었거든요. 근데 아주 쓸 만한 놈이지 뭡니까. 순발력도 엄청 좋고, 이번에 명나라 사신단이 낸 산술 문제도 풀고 말이죠."

세종의 눈빛이 살짝 흔들렸다.

"이 아이가 사신단이 낸 문제를 풀었다고?"

최해산의 말에 세종은 힐끗 장영실을 쳐다보았다. 장영실은 고개를 숙인 채 시선을 피하고 있었다.

외국어는 어떻게 배웠을까?

조선 시대의 외국어 교육은 사역원에서 담당했는데, 고려 때 설치된 시설 통문관이 이어져 내려온 것이다. 중국어, 몽골어, 여진어, 일본어, 위구르어, 유구어 등 6개 국어를 가르쳤다. 중국어 학습교재로는 『노걸대』 등이 있었는데, '걸대'는 몽고인이 중국인을 부르는 말이고 '노'는 우리말의 '씨'에 해당한다. 즉 '중국인 씨'라는 뜻인 셈.

세종의 눈빛은 여전히 부드러웠다.

"그거야 뭐 누가 풀면 어떤가. 그보다, 내가 직접 여기까지 온 데에는 이유가 있네."

"무슨 말씀이신지요, 전하."

"문제가 생겼어. 또 내기를 하게 됐지 뭔가."

최해산은 멋도 모르고 어깨를 으쓱했다.

"그깟 산술 문제 얼마든지 가져오라 하십쇼. 저희들이 한방에……."

"이번에는 산술이 아니다. 대포 멀리 쏘기 시합이야."

세종의 말에 최해산은 울상을 지었다.

"아비가 제게 세상을 살면서 피해야 할 것 세 가지를 얘기했습니다. 하나는 호랑이고 둘은 불붙은 화약이고 세 번째가 명나라 대포이옵니다. 그건 저희 아비와 삼촌들이 단체로 살아 돌아오신다 해도 불가능한 일입니다요."

세종과 가장 가까웠던 세 여인

어머니와 부인 그리고 맏딸은 세종이 가장 사랑하고 아꼈던 여성들이다. 어머니 원경왕후와 부인인 소헌왕후는 남자 형제들이 정변에 휘말려 몰살되었고, 눈에 넣어도 아프지 않던 맏딸 정소공주는 일찌감치 세상을 떴다. 세종이 불교에 집착했던 건 이 세 여인에 대한 연민이라는 설도 있다.

최해산이 절대 불가를 외치고 나오자 느긋했던 세종의 표정도 조금씩 굳어지기 시작했다.

"명나라의 대포가 그리도 대단하단 말이냐."

"명나라의 대포 제작 기술은 조선보다 백 년은 앞서 있다고 들었습니다. 그리고 중요한 건 화약입니다. 대포가 아무리 좋아도 화약이 시원찮으면 날아가다 바로 떨

어집니다."

"네가 얼마 전에 아주 성능이 좋은 화약을 개발 중이라 하지 않았느냐?"

"그게 저……."

최하원이 신종 화약을 개발 중이었는데, 얼마 전부터 소식이 끊어져 새로운 대포를 만들고도 시험을 해 보지 못하고 있다는 자초지종을 들은 세종은 깊이 탄식하며 말을 잇지 못했다. 산술 문제와는 차원이 다른, 위험천만한 내기라는 사실을 조금씩 깨달았기 때문이다.

세종의 낙심한 표정을 본 최해산은 그만 해서는 안 될 말을 하고 말았다.

"실은 전하… 사람이 아주 없는 것은 아니옵고……."

"형님."

장영실이 눈치를 주었지만 이미 입에서 나간 말이었다.

세종은 반색을 했다.

"그래? 방법이 있었구먼. 그게 무어냐?"

"실은 제 친구들이 있사옵니다. 폭약에는 도가 튼 친구들이지요."

"그럼 데려다 쓰면 되지 않는가."

최해산은 망설이고 망설인 끝에 기어들어가는 목소리로 털어놓았다.

"…그 친구들은… 고려부흥군 소속입니다."

최해산의 말에 세종은 기절할 듯 놀랐다.

고려부흥군은 고려가 조선에 망한 것에 한을 품고 다시 고려의 부활을 꿈꾸는 사람들이 만든 비밀 결사였다. 소문만 무성하던 그들이 실제로 있다는 건 세종도 처음 듣는 말이었다.

숭의전

조선 시대에 고려 태조를 비롯한 일곱 왕의 위패를 모시고 제사를 지내던 곳. 태조 이성계는 고려의 태조 왕건의 전각을 세웠고, 후에 다른 고려 왕들의 제사도 이곳에서 지내게 되었다. 또 문종 때는 전대의 왕조를 예우하여 위패도 모시고 고려 충신 15명을 같이 제사 지내게 하였다. 건물의 관리도 고려 왕조의 후손에게 맡겼는데, 이것은 고려 유민의 불만을 없애기 위한 하나의 방법이었다.

최해산은 고개를 숙인 채 눈물을 흘렸다.

"죽여 주시옵소서."

세종은 긴 한숨을 내쉬었다.

세종의 입장에서 고려부흥군은 엄연히 반란군이었다. 그런 그들과 자신이 아끼는 최해산이 몰래 연락을 취하고 있었다니 배신감도 이런 배신감이 없었다.

"허면 너도 같은 편이냐?"

최해산은 고개를 저었다.

"아닙니다. 그저 어릴 적 친구들이라

관계를 끊지 않고 있었던 것뿐입니다. 그 친구들이 반란을 일으키면 저는 거기에 맞서 싸울 거라는 얘기도 한 적이 있습니다."

세종은 물끄러미 최해산을 바라보았다.

체질적으로 거짓말을 못하는 최해산이었다. 말을 지어내서 한순간 위기를 모면하려는 소인배가 아님을 알고 있었다. 그러나 고려부흥군의 존재를 알면서도 관청에 고하지 않은 것은 반란죄만큼이나 죄질이 무거웠다.

"오늘은 이만 하자. 머리가 복잡하구나."

돌아서는 세종의 발걸음은 무거웠다.

최해산은 여전히 "전하, 죽여 주시옵소서"를 중얼거리고 있었고 장영실은 장영실대로 표정이 딱딱하게 굳어 있었다.

"혼난 건 해산이 형님인데 영실이 형까지 왜 그래?"

노빈손의 장난기 섞인 말에 장영실은 차갑게 쏘아붙였다.

"시끄러우니까 그 나불대는 입 좀 닫아 줄래?"

얼음장 같은 장영실의 대꾸에 최해산마저 놀란 듯 고개를 들고 두 사람을 바라보았다.

'오늘, 두 사람 좀 많이 예민하네?'

민망해진 노빈손은 슬그머니 목을 움츠리고 눈치를 살폈다.

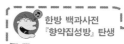

한방 백과사전 『향약집성방』 탄생

세종 13년에 편찬된, 당시 향약과 한방을 총망라한 백과사전. 세종은 즉위 초부터 의학에 관심을 보였으며, 조선 백성들의 병은 조선의 약초로 고쳐야 효험이 있을 것이라 생각했다. 그러나 사람들은 당나라 약재를 선호했고, 이 때문에 약재 수입에 많은 돈이 들었다. 세종은 이를 개선하기 위해 향약 연구를 추진했고, 이 책은 이후 조선 약재학 서적의 대명사로 불리게 되었다.

울고 싶은 건 나거든

"아무리 전하가 한량없이 마음이 넓은 분이라도 그걸 말한 건 좀 아니라고 봐요."

장영실의 지적에 최해산은 신경질적으로 머리를 벅벅 긁었다.

"아우, 그럼 어쩌라고. 나는 거짓말 창작이 안 되는 단순한 인간인데."

한가하게 떡을 우물거리던 노빈손이 고개를 끄덕이며 말했다.

"그러니까 해산이 형님이 반란군과 내통하고 있었다~ 그 말이죠?"

픽!

기다렸다는 듯 최해산의 주먹이 노빈손의 뒷통수로 날아들었다.

"내통이 아니라 친구라니까."

또 맞은 노빈손은 울먹거리며 최해산에게 따졌다.

『삼강행실도』

세종 16년(1434년), 삼강(忠, 孝, 烈)에 뛰어난 사람의 행적을 모아 간행한 책. 진주에서 아들이 아버지를 살해한 사건이 일어나자 세종은 효행을 널리 알릴 수 있는 책을 펴내 백성들에게 읽히고자 이 책의 간행을 명했다. 설순 등이 우리나라와 중국의 서적에서 모범이 될 만한 충신, 효자, 열녀 각 35명씩 105명을 뽑아 그 행적을 그림과 함께 기록, 간행했다.

"하여간 나라에서 금하는 걸 한 거잖아요. 아마 임금님은 그렇게 생각하지 않으시겠지만요."

"그게 무슨 말이야?"

노빈손은 예전에 읽었던 『우리 고전 핵심만 씹어 먹기』라는 책을 떠올리고 있었다.

기억이 정확하다면, 세종대왕 때 펴낸 『삼강행실도』에는 분명 포은 정몽주의 이야기가 충신의 모범 사례로 적혀 있었던 것이다.

'그때 읽으면서 이상하긴 했어. 조선을 세우려는 태조 이방원이 '이런들 어떠하리, 저런들 어떠하리…' 하면서 협력할 것을 권하니까 '이 몸이 죽고 죽어 일백 번 고쳐 죽어…' 라는 단심가를 부르다가 진짜로 선죽교에서 죽은 게 포은 정몽주잖아? 그럼 세종대왕 입장에서는 자기 아버지가 죽인 사람을 충신이라고 한 건데 그게 보통 이상한 일이냐고.'

그러나 그 긴 이야기를 설명할 수는 없었다.

"아니, 그냥 기분상 그렇다는 거죠."

듣고 있던 장영실은 버럭 화를 냈다.

"너는 그 이상한 버릇 좀 고쳐. 매사에 우물우물하면서 뭔가 비밀이라도 있다는 듯 말꼬리를 흐리는 습관 말이야."

장영실은 방문을 걷어차고 나가 버렸다.

친형처럼 챙겨 주던 장영실이 자신에게 매정하게 대하자, 노빈손은 갑자기 천애고아라도 된 것처럼 서럽고 속이 상했다. 차라리 해산이 형에게 주먹으로 얻어맞는 게 낫지.

노빈손은 눈물이 그렁그렁한 눈으로 최해산을 바라보았다. 최해산은 버럭 소리를 질렀다.

"정말 울고 싶은 건 나거든? 그러니까 너는 좀 참아 주라."

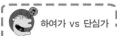

하여가 vs 단심가

단심가는 고려 말 정몽주가 나중에 태종이 된 이방원의 '하여가'에 답해 지은 것으로 알려져 있으며 신하의 충성심을 나타내는 대표적인 노래이다.

이방원 : 이런들 어떠하리 저런들 어떠하리/만수산 드렁칡이 얽어진들 어떠하리/우리도 이같이 얽어져 백년까지 누리리라

정몽주 : 이 몸이 죽고 죽어 일백 번 고쳐 죽어/백골이 진토되어 넋이라도 있고 없고/님 향한 일편단심이야 가실 줄이 있으랴

세종이 최해산을 부른 건 그날 밤이었다.

최해산은 낮에 있었던 일을 문책하시려나 보다 싶어 마음을 굳게 먹고 있었다.

그러나 세종의 어투는 따뜻했다.

"해산아."

"네, 전하."

"네가 그 친구들을 설득해 주면 안 되겠니?"

최해산은 깜짝 놀랐다.

어디 있는지 당장 자백하라면 그냥 옥에 갇히겠다고 할 작정이었는데 세종은 뜻밖의 이야기를 하고 있는 것이다.

"전하, 그 친구들은 조선이 나라를 세울 때 아버지를 잃고 형제를 잃은 사람들입니다. 절대 조선에 협력하지 않을 것입니다."

세종은 긴 침묵을 지켰다. 너무나 길고 끔찍한 침묵이었다.

"그 친구들이 지금 어디 있느냐?"

"제가 그냥 이 자리에서 죽을랍니다."

"내가 한번 만나 보면 안 되겠니?"

"네?"

세종의 말에 최해산은 소스라치게 놀랐다.

"전하께서 제 친구들을 만나시겠다구

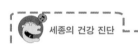

142

요?"

"그래. 한번 만나 보고 싶구나."

세종에 대한 신뢰와 충성이 투철한 최해산조차 순간적으로 의심을 하지 않을 수 없었다.

'혹시 이런 식으로 유인해서 일망타진하려는 계획이신가?'

그러나 바로 이어서 나온 세종의 말은 최해산을 한없이 부끄럽게 만들었다.

"어디 있는지 말해 주기 곤란하면 나를 거기에 데려다 주겠느냐. 군사 없이 나 혼자 갈 것이다."

"으악!"

최해산은 자신의 귀를 의심했다. 반란군이 있는 곳에 그들이 노리는 조선의 왕이 직접 가겠다니, 전하께서 제정신이신가 싶었다.

"그건 절대로 안 됩니다. 말씀 올리기도 황망하오나 전하께서 무슨 일을 당하실지 모르는 일입니다."

"그건 내가 알아서 할 일이고. 그럼 내일 저녁에 가는 것으로 알고 있겠다. 나가 보아라. 아참, 이 일은 너하고 나만 아는 비밀이다."

최해산은 다리에 쥐가 난 듯 후들거리며 자리에서 일어났다. 난처한 정도가 아니라 일생일대의 최대 고민이 닥친 것이다.

조총을 직접 만든 선조 임금

임진왜란 초기 조선의 관군이 형편없이 밀린 것은 조총의 위력 때문이었다. 수군의 전함에 설치되었던 천자총통, 지자총통 등의 대포는 조선이 월등했지만 육전에서는 왜군이 쏘아 대는 조총에 활과 칼이 무력화된 것이다. 선조는 직접 조총을 고안하여 유성룡에게 시험해 보라고 지시했다. 한편에서는 중차대한 상황에서 임금이 한가하게 조총이나 구상하고 있다는 비판도 없지 않았다.

추적! 장영실, 그는 누구인가?

해시계, 물시계, 별시계 등을 발명하여 동아시아 시계문명사를 화려하게 장식한 '시계 천재' 장영실. 그러나 아쉽게도 그가 누구인지, 어디서 와서 어디로 갔는지에 대해서는 잘 알려져 있지 않다. 그의 요철 많은 인생사를 파헤쳐 보자.

조선 최고의 스캔들! 파격적인 신분 상승

장영실의 뿌리는 정확하게 알려져 있지 않다. 왜냐하면 그가 동래현 관청의 관노였기 때문이다. 노비로 살다 죽을 운명을 타고난 장영실은 그의 손재주를 높이 산 세종대왕에게 발탁되어 한순간에 인생이 바뀐다. 지방에 묻힌 인재를 등용하는 '도천법'에 따라 궁으로 들어간 장영실은 1421년 중국으로 유학을 떠나게 된다.

세종대왕의 한마디 "영실이는 재주가 뛰어날 뿐 아니라 보통 영리한 게 아니었어. 그래서 내가 어명을 전달하는 역할까지 맡겼다니까."

🌙 하늘의 비밀을 알아내다

장영실이 중국에서 가장 흥미를 가진 것은 천문기기였다. 하늘을 읽고 별을 따지는 것은 오로지 중국의 '천자'만이 할 수 있는 일이었다. 달력을 만들고 농사지을 절기를 예측할 비밀이 천체에 숨겨져 있었기 때문이다. 즉 고대 사회에서 달력과 천문은 정부의 정책과 능력이 요구되는, 국가의 역량을 총동원해 만드는 핵심적인 결정품이었던 것이다. 장영실은 중국에서 아랍의 알재재리가 쓴 『정교한 기계장치의 지식서』라는 책을 얻어 왔고 그것을 기초로 자동 물시계를 만들었다.

> 세종대왕의 한마디 "영실이에게 사직의 벼슬을 주었지. 이건 특별한 담당 업무가 없는 직책이야. 왜 그랬냐고? 내가 만들고 싶은 도구나 기계를 만들게 하려고 그랬지."

🌙 특명! 우주와 시간의 움직임을 표현하라

장영실은 천문관측기인 간의대, 천체의 운행을 관측하는 혼천의, 천체들의 움직임을 모형으로 만든 혼상, 관측 보조 기구인 정방안 등을 차례차례 만들어 설치했다. 이런 천문학적 지식을 기반으로 해시계, 물시계, 측우기가 탄생한다.

측우기

가장 유명한 해시계는 앙부일구. 가마솥에 다리가 세 개 붙은 모습을 하고 있다 하여 붙여진 이름이다. 해의 그림자로 시간을 알 수 있으며 반

구 모양이다. 당시 장영실이 반원을 그리며 움직이는 해의 이동경로를
정확히 읽고 있었다는 얘기다.

　그러나 해시계는 낮의 시간만 알 수 있었고 비가 오거나 날이 굳으면
그나마도 측정이 불가능했다. 이를 보완해 만든 것이 물시계였다. 장영
실이 만든 최초의 물시계는 반자동이었지만, 연구를 거듭한 끝에 자동으
로 종을 치는 시계 제작에 성공한다. 이것이 자격루다.

　자격루는 시, 경, 점에 따라 종, 북, 징을 스스로 울리고, 각 시간에 해
당하는 12가지의 동물 인형들
이 솟아올라 시간을 알려준다.
이러한 공을 인정받아, 장영실
은 종 3품의 대호군 자리에까지
오르게 된다.

자격루

현장 지휘자 이천의 한마디 "이 모든 과학 작품을 영실이 혼자 만든 건 아니라고. 세종 임금님과 정인지, 정초 대감 등이 이론과 원리를 설명하고 이순지, 김담 대감 등이 수학적 기반을 마련하고 우리가 실제 작업을 한 거였거든. 물론 영실이의 역할이 제일 크긴 했지. 아 참, 우리가 새로운 활자(갑인자) 20만 자를 만들어 인쇄 문화를 발전시켰다는 사실은 알랑가 모르겠네."

그는 왜 사라졌는가

1442년, 장영실이 만든 세종대왕의 가마가 부서지는 사고가 발생한다. 옥체에 위협을 가한 불경죄라 하여 장영실은 파직당하고 곤장 100대를 구형받았으나, 세종대왕 덕에 80대로 감형되었다고 한다. 이후 장영실의 행방은 묘연하고 어떤 기록도 남아 있지 않다.

그토록 세종대왕의 사랑을 받고 기발한 아이디어로 승승장구하던 장영실이 어째서 갑자기 사라졌을까?

그 까닭에 대한 유력한 추측은 '중국의 압박' 설이다. 당시 천체 관측은 중국의 천자만이 알 수 있는 기밀이었다. 때문에 장영실이 외교의 희생양이 되어 쫓겨났다는 얘기다. 어쨌거나 장영실에 얽힌 궁중의 진실은 아무에게도 알려지지 않은 채 미스터리로 남아 있다.

과학자 남 박사의 한마디 "장영실이 만든 자격루를 현대 공학 기술로 재현하는 데 무려 23년이 걸렸습니다. 지금도 이렇게 많은 사람이 필요한데 15세기 당시에는 얼마나 엄청난 일이었겠습니까?"

조선의 통치 체계와 관직

조선 시대의 공무원도
서열이 있다고!

　나, 순평군이야. 오늘은 좀 어려운 얘길 하지. 조선의 통치 체계와 관직에 대해서 말이야. 다들 내가 어리바리한 줄 알지만 모두 작전인 거 이미 눈치챘지? 하하! 자, 시작해 볼까.

　조선을 이해하기 위해서 가장 먼저 알아둬야 할 것은 바로 의정부야.

　의정부는 조선 최고의 통치 기구지. 의정부에서는 3정승 즉 영의정, 우의정, 좌의정의 합의에 따라 나라의 중요한 일을 결정했어.

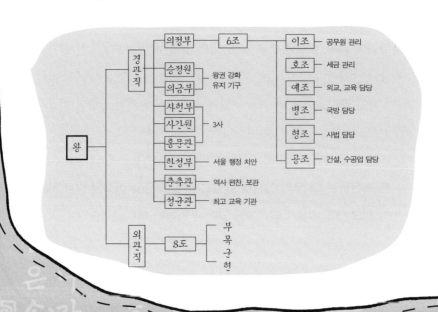

의정부에서 결정된 일은 이·호·예·병·형·공의 6조가 처리하게 되는데, 이 6조는 오늘날의 국방부, 법무부와 같은 행정 부처들을 생각하면 돼. 옆의 표를 보면 6조가 어떤 일을 담당했는지 알 수 있어.

세종 임금님의 아버님이셨던 태종 임금님은 강력한 왕권을 중요하게 생각하셨던 분이야. 그래서 의정부를 거치지 않고 직접 6조의 보고를 받고 정사를 처리하셨지. 이것을 육조직계제라고 해.

반면 세종 임금님은 임금이 된 다음 제일 첫 번째로 하셨던 말씀이 "의논하자"였던 만큼 신하들을 존중하셨어. 그래서 의정부에서 6조의 보고를 받아 3정승이 상의한 후 왕의 최종 결재를 받아 다시 6조에 하달하는 의정부서사제로 바뀌게 돼.

재미있는 건 나중에 세종 임금님의 아드님 되시는 세조 임금님이 다시 육조직계제로 바꿨다는 거야. 어쨌든 의정부는 시대에 따라서 권한이 강해졌다 약해졌다 했다는 걸 잊지 마.

🌀 호조참판 고약해의 특강

고약해, 지어낸 것처럼 들리겠지만 이게 내 본
명이야. 세종 22년(1440년)에 지방 수령의 임기
문제를 가지고 임금님께 대들었다가 파면당한 전력이 있
지. 뭐 그건 다 지나간 얘기고, 일단 조선의 관리 조직에
대해 얘기해 줄 테니 잘 기억해 두라고.

관리는 문관과 무관으로 구성되어 있어. 조회를 할 때
임금님이 앉아 계신 쪽을 기준으로 동쪽에는 문신이, 서쪽에는 무신이
서게 되어 있었거든. 그래서 문신을 동반, 무신을 서반이라고도 하는데
양반은 바로 이 동반과 서반, 문반과 무반을 함께 가리키는 말이지.

관직은 다시 18등급으로 나뉘어져서 정 1품, 종 1품, 정 2품, 종 2품
이런 식으로 정과 종이 번갈아가며 정해졌어. 당연히 꼴찌는 종 9품. 참
판인 나는 종 2품 벼슬이야. 내 위가 정 2품인 판서인데 정 2품까지는 대
감이라고 불렀고 정 3품 이상을 영감이라고 했지.

역사 드라마에서 많이 들어 봤지? 장영실은 순평군을 왜 대감이라고
부르냐고? 왕실 식구들도 품계가 있었거든. 왕비인 정실이 낳은 자식은
정 1품이었고 후궁이 낳은 쪽은 종 1품이었지. 그러니까 종 1품인 순평
군이 대감 소리를 들은 거야.

🌀 이조판서 허조의 강의

조선의 정치 기구는 의정부와 6조로 끝나는 게 아니야. 계속
해서 잘들 따라오시게.

승정원은 임금님의 명령을 담당하는 부서야. 전문 용어로는 '왕명 출납'이라고 하지. 쉽게 생각하면 임금님의 비서 기관이야. 너희들이 살고 있는 시대에는 청와대 비서실에서 비슷한 일을 한다지? 의금부는 이름만 들어도 으슬으슬하지. 나라에 큰 죄를 지으면 끌려가게 되는 곳이야. 예를 들면 대…역…죄 같은 것 말이지.

또 매우매우 중요한 삼사가 있지. 삼사가 뭐냐구? 사헌부, 사간원, 홍문관을 함께 묶어서 삼사라고 해. 차근차근 알아보자면 사헌부는 관리들의 비리를 감시하는 곳이야. '판서 누구누구가 뇌물을 받았다더라' 이런 걸 임금님께 일러바치는 거지. 이뿐이 아니야. 사간원에서는 임금님의 잘못까지도 따진다구. 이걸 간언이라고 하지.

홍문관은 임금님의 자문 기관이야. 조선에서 법만큼이나 중요했던 것이 전 임금님이 남겼던 선례들이야. 임금님이 어떤 일을 해결해야 하는데 도저히 방법이 없어. 그럴 땐 홍문관의 관리들에게 시키지. '옛날 임금님들은 어떻게 했는지 찾아보거라.' 그럼 홍문관의 관리들이 『조선왕조실록』을 비롯한 여러 책에서 선례를 찾아서 임금님께 알려주는 거지.

이 삼사가 중요했던 이유는 고위 관리는 물론이고 왕까지도 이들의 활동을 함부로 막을 수가 없었기 때문이야. 왜냐? 관리들이나 임금님의 잘못을 비판해야 하는데 눈치를 봐야 한다면 제대로 할 수 있겠어? 그래서 이 사람들에게는 언론의 자유가 보장이 됐거든. 관리들이든 임금님이든 잘못하면 거침없이 비판해야 하는 것이 이 사람들의 일이었지.

조선 시대에는 임금님이 돌아가시면 실록이라

는 역사책을 편찬하게 되지. 유네스코가 지정한 기록문화 유산이기도 한 『조선왕조실록』을 어디서 만들었느냐, 바로 춘추관이야. 다시 말해서 춘추관은 역사서를 편찬하는 기관이지. 이 밖에도 조선 시대 최고의 교육 기관이었던 성균관, 그리고 너희들이 알고 있는 서울 시청의 일을 담당했던 한성부가 있지. 의정부와 6조, 그리고 지금까지 내가 이야기한 관직들은 모두 서울인 한양에서 수행하는 것이기 때문에 경관직이라고 하지. 그럼 경관직 말고는 뭐가 있냐구? 나는 이제 힘이 드네. 다른 양반한테 여쭤 보시게.

영의정 황희의 특강

그건 내가 알려줌세. 나는 황희라고 하네. 경관직 말고는 뭐가 있냐구? 다시 한번 정리하자면 서울의 관직은 경관직이라고 했지? 그래서 서울을 제외한 지방의 관직은 외관직이라고 했다네. 조선은 행정구역을 8도로 나눴지. 경기도, 강원도, 충청도, 전라도, 경상도, 함경도, 평안도, 황해도로 말야. 8개 맞지? 각 도를 책임지는 관리가 관찰사지. 내가 바로 강원도 관찰사 출신 아닌가, 엣헴. 도 아래에는 인구수에 따라 부, 목, 군, 현으로 다시 나누어지는데 각각의 책임자를 부사, 목사, 군수, 현령(현감이라고도 함)이라고 했지. 부사, 목사, 군수, 현령을 통틀어 수령이라고 하고.

그런데 말야, 이 지방관들이 임금님의 뜻에 따라 지방의 백성들을 잘 다스리면 문제가 안 되는데 자기들 마음대로 정치를 하면서 백성들을 괴롭히기도 했거든. 그래서 나중에 생겨나는 제도가 바로 암행어사라네.(내 생전에 들어 보진 못했지만 말이야.) 임금님이 몰래 어사를 지방으로 보내는 거지. 그 수령이 잘하고 있나 못하고 있나 감시하라고. 듣자하니 빈손이가 지난번에 만났던 정약용인가 하는 사람도 암행어사 출신이라지?

어쨌든 이 정도만 알아도 역사책을 보는 데 큰 도움이 될 걸세.

고려 부흥군

한양에서 조금 떨어진 야산.

밤 부엉이가 구슬프게 우는 적막한 산 한가운데에 허름한 가옥 몇 채가 나란히 서 있었다.

그러나 허름한 분위기와는 달리 몽둥이와 칼을 든 장정들이 보초를 서고 있어, 이곳이 여염집이 아니라는 것은 누가 봐도 알 수 있었다.

보초를 서던 장정들은 인기척에 예민하게 반응했다.

"거기, 누구야?"

어둠 속에서 굵직한 목소리가 들려 왔다.

"나야, 해산이."

그제야 장정들은 긴장을 풀고 몽둥이를 내려놓았다.

"형님이시군요. 늦은 밤에 어쩐 일로?"

최해산이 모습을 드러냈고 그 뒤로 세종과 노빈손이 어정쩡한 자세로 서 있었다. 장정 하나가 핏대를 세웠다.

"아니, 형님. 낯선 사람을 데려오면 어떻게 해요."

최해산은 우물쭈물 말을 흐렸다.

"그만한 사정이 있다. 이분은 신경 안 써도 된다. 두령은 안에 계시냐."

장정들은 여전히 의심쩍은 눈초리를 거두지 않은 채 길을 내줬다.

반란군의 소굴에 들어와서도 세종은 전혀 긴장한 티를 내지 않았다. 오히려 따라나선 노빈손이 오금이 저렸다.

'도대체 날 왜 데려왔담. 정말이지 이런 상황은 피하고 싶은데.'

도무지 알 수 없다는 듯 노빈손은 세종을 쳐다보았다. 세종이 자신을 데려온 이유를 알았다면 아마도 땅을 치고 통곡을 했을 것이다.

노빈손을 데려가자는 말에 최해산은 이해할 수 없다는 표정을 지었지만, 세종의 이유는 명료했다.

'그런 자리에는 그 아이처럼 좀 덜 떨어져

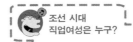

조선 시대
직업여성은 누구?

여자의 사회 진출을 철저히 금한 조선 시대에 여성이 가질 수 있는 직업은 극히 적었다. 그나마 허용된 직업은 궁녀, 기녀, 무녀였다. 궁녀는 일반적으로 상궁과 나인을 의미하지만 의녀 역시 궁녀에 포함되었고 대부분의 궁녀들은 중인 출신이었다. 기녀는 가장 낮은 지위에 속했다. 무녀의 경우 고려 시대에 비해 그 지위가 낮아졌음에도 불구하고, 조선 초에는 기우제에 참가하는 등 국가적(?)인 활동을 하기도 했다.

보이는 수행원이 따라나서는 게 낫다. 양쪽 모두 서슬이 시퍼렇고 빈틈 없어 보이면 협상이 되겠느냐. 이를테면 완충제인 셈이지.'

그렇게 분위기를 조성했지만, 반란군의 두령인 박현달은 최해산의 말이 끝나기도 전에 자리에서 벌떡 일어나 칼을 빼들었다.

옆에 서 있던 장정들도 역시 칼을 뽑아든 채 세종 일행을 둘러쌌다.

"해산이, 네가 단단히 미친 모양이구나."

최해산은 자기도 어쩔 수 없다는 듯 고개를 흔들었다.

"미안하다, 친구야. 나도 방법이 없었다."

박현달은 칼을 세종에게 겨누었다.

"그럼 이 자가 임금이란 말이냐? 허허, 이거 아주 일이 쉽게 끝나게 생겼군. 다음 달 초에 궁궐로 쳐들어 갈 계획을 세우고 있었는데 직접 나타났으니 말이야."

세종은 빙그레 웃었다.

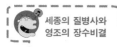

세종의 질병사와 영조의 장수비결

세종은 고기가 없으면 수랏상을 받지 않는다고 할 만큼 고기를 좋아했고, 사냥 등 운동은 그다지 반기지 않았다. 때문에 이른 나이에 당뇨가 와서 질병으로 고생했다. 반면 역대 조선 왕 중 가장 장수한 영조는 하루 5회 정도 나오는 수랏상을 3회 정도로 줄이고 채식을 즐겨했다고 한다. 조선 임금의 평균 수명이 40대 후반인데 83세까지 장수했으니 대단하다.

"어쭈? 웃어? 하긴 저승 갈 시간이 얼마 남지 않았으니 지금 마음껏 웃어 두어라. 해산이, 미안하네. 사정이 이리 되었으니 자네도 용서할 수 없네."

박현달은 주저하지 않고 칼을 높이 쳐들었다. 그대로 있다가는 일행 모두가 끔찍한 꼴을 면하기 힘든 상황이었다.

"잠깐만."

갑자기 뒤쪽에 서 있던 중늙은이가 박

현달을 제지하고 나섰다.

"왜요? 아버님. 당장 이 자를……."

중늙은이는 말없이 노빈손을 가리키고 있었다.

'헉! 왜 나를?'

몇 올 안 되는 머리칼이 공포와 불안감에 휩싸여 아예 궐기대회를 하고 있었다.

"내가 얘기했지? 지난번에 주막에서 봉변당할 뻔했던 걸 구해 준 게 저 아이야."

"네?"

박현달은 멈칫했고 노빈손은 빠르게 기억을 되살렸다.

'아, 그 할아버지구나. 땅의 면적 구하는 법으로 분쟁을 해결했을 때, 나에게 연신 고맙다고 말하던 그 할아버지.'

노빈손은 이때야말로 기회라는 듯이 노인을 향해 밝게 웃어 보였다.

"어르신, 그동안 안녕 하셨어요? 땅은 잘 있죠? 하하하."

효과는 바로 나타났다.

"봐라. 아주 정의감도 넘치고 인사성도 밝은 녀석이란다."

박현달이 머뭇거리는 사이를 세종은 놓치지 않았다.

"나도 얘기 좀 함세."

경남 함안군의
고려동 유적지

성균관 진사였던 이오 선생은 고려가 망하자 이곳에 '고려 동학'이라는 비석을 세우고 논과 밭을 일구어 자급자족을 하였다. 또한 아들에게도 조선에서 벼슬하지 말 것과 자신의 신주를 다른 곳으로 옮기지 말도록 유언하였다. 그의 유언을 받든 후손들은 19대 600여 년에 이르는 동안 이곳을 떠나지 않았고, 고려동이라는 이름으로 오늘까지 이어 오고 있다.

당당하고 기품이 넘치는 목소리에 박현달은 물론이고 졸개들도 기가 죽었다.

"그대는 왜 칼을 뽑아 들고 그토록 분한 얼굴을 하고 있는가. 사사로운 복수인가, 아니면 다른 대의명분이 있는 것인가."

박현달은 벌컥 소리를 질렀다.

"뭐가 어째? 내 눈 앞에서 어머니와 누이동생이 죽었어. 바로 조선을 세우려는 자들에게 말이야. 우리는 잘못된 것을 갈아엎고 백성들에게 나라를 돌려주려 하고 있단 말이야."

"지금 백성들에게 나라를 돌려준다고 말했는가. 정말로 그렇게 생각하나? 하나만 물어 보세. 주리고 고달픈 백성들에게 조선이나 고려나 그게 그렇게 중요한 문제일까?"

세종의 말은 거침이 없었다. 박현달은 세종의 담대함에 슬슬 기가 죽고 있었다.

"그게 무슨 허무맹랑한 소리야! 중요하지. 중요하고 말고."

조와 종은 어떻게 다를까

왕의 이름은 끝에 조와 종으로 불린다. 『예기』에 나오는, '공이 있는 자는 조가 되고 덕이 있는 자는 종'이 된다는 기록을 근거로 하여 이름을 정한 것이다. '종'보다는 '조'를 높이 쳐 주었지만 무조건 통하는 원칙은 아니었다. 가령 '세종'이 '인조'보다 못하다고 말할 수는 없는 일 아닌가.

"혹시 개인적인 원한을 앞세워 조선에 책임을 떠넘기는 것은 아닌가. 다시 묻겠네. 정말로 중요한 게 고려인가, 조선인가, 아니면 이 땅에 살고 있는 백성인가? 이 땅의 백성들이 편하게 살면 그걸로 그만 아닌가? 고려니 조선이니 따지는 건 그다음 문제고."

백성이 먼저고 나라는 그 다음이라는

말에 박현달은 말문이 막혀 버렸다.

"개인의 복수가 소중하다면 그 칼을 주저하지 말게. 그러나 백성을 위해서라는 말은 함부로 하지 말게나."

박현달의 칼이 조금씩 밑으로 떨어지고 있었다.

"지금 나는 명나라의 부당한 조공 요구와 싸우고 있네. 도움이 필요하단 말일세."

세종의 눈빛은 강렬하고 뜨거웠다.

세종을 처소에 모시고 돌아온 최해산의 발걸음은 날 듯이 가벼웠다. 조선의 '조' 자만 나와도 이를 갈던 박현달이 세종을 아무 흠집 없이 보내 준 것이다.

물론 더 이상 다른 얘기는 없었지만 그가 아주 모른 척하지는 않을 거라는 사실만은 오랜 세월의 감으로 짐작할 수 있었다.

박현달이 화약만 도와준다면 해 보지 못할 것도 없겠다 싶은 것이 최해산의 생각이었다.

'행복하다. 오늘은 정말 행복하다는 생각이 절로 든다.'

최해산은 휘파람을 불고 으쓱대며 걸었다.

"그나저나 전하께서는 빈손이 녀석이 마음에 드셨나 보지. 이야기를 더 나눠 보시겠다

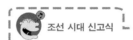

조선 시대 신고식

문과 급제자들이 관직에 오르면 선배들에게 베푸는 잔치가 허참례, 열흘 뒤에 다시 성의를 표시하는 것이 면신례였다. 이때 광대와 기녀를 부르는 것은 기본이었는데 비용보다 신참들을 더 힘들게 했던 것은 면신례의 신고식이었다. 거름을 향기로운 분가루라며 얼굴에 바르게 하고 아름다운 노래라 하면서 음담패설을 늘어놓게 했으며 하루 종일 춤을 추게도 하여 심한 경우 사람을 폐인으로 만들기도 했다고 한다.

며 잡아 두시는 것을 보니 말이야. 생긴 건 그래도 그놈이 물건은 물건이지."

갑자기 달착지근한 술 생각이 간절해졌다.

"어디 가서 한잔 마시고 와야지. 어쨌거나 오늘도 위험한 동네서 살아 돌아온 거잖아."

어깨를 누르고 있던 짐을 털어 버린 듯 최해산의 발걸음은 경쾌하기 그지없었다.

전하, 한글 만들어 주세요

"거참, 볼수록 신기하네."

"네? 뭐가요?"

세종은 가만히 미소를 지었다.

"사람이란 건 그 얼굴 꼴로 따져 봐서 여러 유형으로 분류가 가능한데 너 같은 경우는 처음이라 말이다."

'그게 그 말이셨어요?'

노빈손은 울상을 지었다.

"산술에 재주가 많다며? 지난번에 명나라의 문제도 네가 풀었다고 했지? 나는 영실이가 푼 줄 알고 있었다."

백비탕 한 그릇 주세요~

조선 시대 선비 집안에서는 손님 접대를 할 때 반드시 밥상에 국을 올려야 했다. 그러나 가난한 집에서는 올릴 만한 국이 마땅치 않아 백비탕을 올렸다고 한다. 맹물을 끓인 것을 점잖게 표현한 것인데 한 숟가락 뜬 다음 손님의 반응이 궁금해진다. 담백하다고 했을까, 싱겁다고 했을까? 백비탕은 청빈함의 대명사였다.

162

세종의 말에 노빈손은 황급히 손을 내저었다.

"제가 풀기는요. 하나는 영실이 형이 암산으로 바로 풀었고, 다른 하나는 영실이 형이 차려놓은 밥상에 제가 수저만 올린 건데요."

아무리 장영실이 비상하다고 해도 6백 년 전 사람이고, 자신은 명색이 2천 년대 대학생이 아닌가. 그런 장영실과 자신이 같은 잣대로 평가를 받는 것은 분명 불공평한 일이다.

"그랬구나. 네가 다 풀었다고 해서 어째 나도 좀 이상하다 했다."

"헉!"

고개를 끄덕인 세종은 서안 아래서 책자 하나를 꺼냈다.

"잠깐 있거라. 나, 오늘 일기부터 좀 쓰자."

"전하께서 일기도 쓰세요?"

"물론이지. 사관이 빠짐없이 기록한다고는 하지만 내 속까지야 어찌 알겠느냐."

"그럼 오늘 고려부흥군 만난 일을 그대로 쓰시게요?"

세종은 고개를 흔들었다.

"그대로는 안 쓴다. 나중에 문무백관이 다 읽어 볼 일이다. 문제가 될 만한 건 살짝 돌려서 쓴단다."

붓을 놀리는 세종을 기웃거리던 노빈손은 깜짝 놀랐다.

세종이 한문으로, 오른쪽에서 왼쪽으로 글

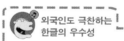

외국인도 극찬하는
한글의 우수성

1994년 과학 전문지 「디스커버리」에는 '한글은 독창성과 함께 기호 배합 등 효율 면에서 돋보이는, 세계에서 가장 합리적인 문자'라는 기사가 실렸다. 1996년 프랑스에서 열린 한 국제학술회의에서는 '한글을 세계 공용 문자로 쓰자'는 주제로 세계의 언어학자들 간에 토론이 벌어졌고 일 년 뒤인 1997년 10월 1일, 유네스코에서는 훈민정음을 세계 기록 유산으로 지정하였다.

씨를 써 나가고 있었던 것이다.

"아니, 전하. 한문으로 일기를 쓰세요?"

세종은 무슨 말이냐는 듯 눈을 크게 떴다.

"그럼 한문으로 쓰지, 뭘로 써?"

갑자기 규장각 할아버지의 말이 떠올랐다.

'빈손아, 과거로 돌아갈 때는 명심할 것이 하나 있다. 사건에는 개입하되 역사에는 절대 네 흔적을 남겨서는 안 된다. 나비 효과라고 들어봤지? 세월이 흐르면서 네가 저지른 사소한 일이 나중에 거대한 폭풍으로 변할 수 있다는 말이다.'

보니까 세종대왕께서는 아직 한글을 창제하기 전이신 모양이었다.

노빈손은 서둘러 말을 거둬 들였다.

나비 효과

수학자인 에드워드 로렌즈는 기상 예측을 연구하다가 수치를 입력하는 과정에서 소수점 아래 세 자리까지만 입력하고 나머지는 버렸다. 그러나 나중에 결과를 보니 그 미세한 소수점 네 자리의 숫자들 때문에 엄청난 차이가 발생한 것을 보고 크게 놀랐다고. 이후 '북경에서 공기를 휘젓는 나비가 다음 달에 뉴욕의 폭풍 체계를 바꿀 수 있다'는 유명한 말을 남겼다. 이런 의미로 로렌즈의 관찰 결과는 '나비 효과'로 불렸다.

"아닙니다. 글씨를 하도 잘 쓰셔서요. 하하."

"하긴 나도 우리글이 하나 있었으면 하고 생각하던 중이야. 백성들이 나라에서 하는 말을 충분히 알아듣고 또 자기 생각을 표현하려면 이 어려운 한자로는 불가능하거든."

세종은 뒤쪽에 놓인 자개함에서 뭔가를 꺼냈다.

노빈손은 탄성을 지를 뻔했다. 세종이 꺼낸 것은 한글의 자음과 모음의 형태를

구상한 작은 메모들이었다.

"그런데 안 풀리는 문제가 있어. '개나리' 같은 말은 그대로 쓰면 되거든. 근데 경복궁은 '겨ㅇ보ㄱ구ㅇ'이 되잖니? 말소리와 발음이 같아야 하는데 그게 어렵구나. 붙여 쓰자니 발음대로 써지질 않아."

'가만. 개입은 안 하더라도 힌트는 드릴 수 있잖아.'

노빈손은 잠시 궁리하다가 조심스럽게 말했다.

"받침이라는 걸 한번 생각해 보시면 어떨까요?"

"받침? 뭘 받치는데?"

세종은 귀까지 쫑긋하며 관심을 보였다.

"저, 그게……."

우르르 쾅!

어떻게 말꼬리를 흐릴까 진땀을 흘리는데 갑자기 폭음 소리가 들려 왔다.

세종은 고개를 설레설레 흔들었다.

"해산이가 폭약으로 또 뭔가를 날려 버렸나 보다. 거기 누구 없느냐. 가서 다친 사람은 없는지 알아보고 오거라."

노빈손은 이때다 싶어 자리에서 일어났다.

"전하, 혹시 영실이 형이 거기 있을지 몰라서요. 걱정이 되는데 저도 같이 가 볼게요."

"가만. 너, 나한테 뭐 말하려다 그만두지 않았냐?"

다행이다. 세종대왕께서도 건망증이 있으신가 봐.

노빈손은 절대 그럴 리 없다는 듯 팔을 힘차게 내저었다.

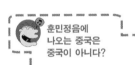

훈민정음에 나오는 중국은 중국이 아니다?

세종이 훈민정음을 만든 이유 중의 하나는 각종 소송에서 백성들이 억울한 일을 당하지 않도록 하기 위해서였다. 백성들의 진술을 아전들이 한문과 이두를 섞어 옮기는 과정에서 이해관계에 따라 바꿔 쓰기도 했기 때문이다. 이 때문에 일부 학자들은 당시에는 중국이라는 이름이 없었고 훈민정음에서 말하는 중국이란 명나라가 아니라 국가의 중심 즉, 조정을 말하는 것이라고 주장하기도 한다.

"아닌데요. 전하께서 글자 만드는 거 계획 중이라고 말씀하신 게 마지막 대사였거 들랑요."

"허어, 분명 중요한 얘기를 하다 말았는데……."

세종은 잡힐 듯 말 듯 도망치는 기억을 따라가는 것처럼 눈을 가늘게 뜬 채 황급히 뛰어나가는 노빈손의 뒷모습을 바라보았다.

불길 속에서

술이 적당히 올라 기분 좋게 돌아오던 최해산은 폭발음에 중심을 잃고 휘청거렸다.

분명 불길이 솟은 곳은 군기감, 그것도 자신의 작업실이었다.

"내 대포!"

잠을 줄여 가며 개발하던 대포들을 떠올리며 최해산이 내달렸다.

황급히 발걸음을 옮기던 최해산의 앞을 검은 그림자가 가로막았다.

"뭐하는 놈이냐?"

검은 복면은 대꾸 없이 칼을 빼 들고 최해산에게 달려들었다.

무술이라면 한가락 한다고 자부하던 최해산이었지만 술을 마신 데다 갑작스런 기습인지라 속수무책이었다.

한 걸음 두 걸음 뒤로 밀리던 최해산의 배에 날카로운 통증이 전해져 왔다.

"으윽!"

최해산은 창자가 끊어지는 것 같은 통
증을 느끼며 주저앉았다.

가물거리는 의식 속에서 군졸들이 뛰어오
며 고함을 지르는 소리가 들렸다.

군기감

고려와 조선 시대에 병기와 관
련된 사무를 보던 관청. 고려
목종 때 처음 설치되었다. 병조
판서나 병조참판 중에서 1명,
무장 중에서 1명을 선발하여 2
명의 제조를 두었고 그 밑에
각 분야의 장인을 배속시켰다.
세종 16년(1434년)에는 북방
개척과 사무의 과중함을 이유
로 권직장 20명을 추가했다.

"이럴 수가."

한걸음에 군기감으로 달려온 노빈손은 경

악을 금치 못했다.

최해산을 처음 만난 날 겪은 것이 폭죽놀이 수준이라면 이번 것은 거의 히로시마에 떨어진 원자폭탄 급이었다. 군기감 일부는 형체도 없이 사라지고 시뻘건 불길이 하늘로 치솟고 있었다.

불을 끄느라 이리저리 뛰어다니는 사람들 사이에서 노빈손은 목이 터져라 장영실을 불렀다.

"영실이 형~ 영실이 형~."

이 정도 사고라면 모습을 보여야 정상이다. 그러고 보니 해산이 형님도 보이지 않았다.

다급해진 노빈손은 있는 대로 목청을 높였다.

괴물의 입처럼 타오르는 불길을 보던 노빈손은 불길한 생각이 들었다.

'혹시 저 안에 영실이 형이?'

선뜻 용기를 내지 못하던 노빈손은 결심한 듯 이를 악물었다.

'좋아, 사나이가 한 번 죽지, 두 번 죽냐.'

가마니에 물을 흠뻑 뿌려 뒤집어쓴 노빈손은 숨을 깊게 들이마시고
는 불길 속으로 뛰어 들어갔다.

최해산의 방이 어디쯤인지 어림짐작하고 뛰어들었지만, 막상 불길
속에서 보니 다 거기가 거기였다.

"쿨럭쿨럭."

기침은 심하게 나오고 목은 따끔따끔하고 열기에 노출된 안구는 익
어 버릴 듯 뻐근했다.

"영실이 혀~엉."

힘을 모아 장영실을 외치던 노빈손은 후끈
한 열기가 식도로 타고 들어오는 것을 느꼈다.

'아이고, 사람 살려.'

장영실을 구하기는커녕 자기가 먼저 통닭구
이가 될 판이었다.

등뒤에서도 눈앞에서도 불붙은 장작들이 떨
어져 내렸다. 다시 돌아나가려고 해 봤지만 불
길 속은 미로 그 자체였다.

조금씩 머리가 멍해지고 걸음걸이가 느려졌다.

'아, 인간 노빈손. 기어이 오늘 여기서 최후

왕십리의 유래

조선을 개국한 태조의 첫 번째
사업은 수도를 옮기는 것이었
다. 태조의 부탁을 받은 무학
대사는 마땅한 궁궐 터를 찾
기 한 곳을 정했는데 밭을 갈
던 농부가 '미련하기가 무학
같다'며 소를 꾸짖었다. 무학대
사가 공손히 묻자 농부는 십
리를 더 가야 명당이 있다고
일러 주었는데 그 명당이 경복
궁 터이다. 농부가 밭을 갈던
곳은 십 리를 더 가라 했다고
해서 왕십리가 되었다.

를 맞는 것인가.'

그렇게 생각하자 말숙이까지도 보고 싶었다.

'아빠, 엄마, 사랑해요.'

노빈손은 무릎을 꿇고 그 자리에 주저앉았다. 의식이 흐려졌다. 연기 속에서 누군가 뛰어오고 있는 것이 희미하게 보였다.

"이놈아, 왜 불 속에서 나는 찾고 난리야."

장영실이었다.

울퉁불퉁한 배처럼 생긴 녀석이 불길 속으로 뛰어 들어가더란 말을 듣고 따라 들어온 길이었다.

구원투수 등장

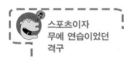

스포츠이자 무예 연습이었던 격구

말을 타고 달리면서 숟가락 모양의 채로 공을 쳐서 상대방 골문에 넣는 경기. 말을 탄 축구 같은 것으로, 서양의 폴로와 비슷하다. 조선 시대에도 태조와 정종이 격구를 즐겼으며, 세종은 "격구를 잘하는 사람이라야 말타기와 활쏘기를 잘할 수 있다"고 하여 무예 연습의 필수과목으로 삼았다.

"으윽, 가슴이야."

최해산은 통증이 느껴지는 듯 오만상을 찌푸리며 천천히 눈을 떴다.

희미하게 장영실과 노빈손의 얼굴이 눈에 들어왔다. 장영실은 어깨와 팔에 붕대를 감고 있었다.

안도의 한숨을 내쉰 최해산은 주위를 둘러보았다. 내의원에 마련된 병실이었다.

"안 죽었나 보네. 너희들이 보이는 걸

보니."

"사흘 내내 주무셨어요."

"다행이에요. 칼이 살짝 빗나가서 장기를 다치지 않았다네요."

"빗나가긴, 내가 잘 피한 거지. 다행히 영실이는 멀쩡하구나. 혹시라
도 내 방에서 자고 있다가 무슨 변이라도 당했을까 봐 걱정했는데."

"형님 방에서 터지는 폭탄을 피해 도망친 게 어디 한두 번이라야지
요. 변은 제가 아니라 빈손이가 당할 뻔했답니다."

"빈손이가 왜? 전하와 함께 있지 않았더냐."

최해산의 말에 노빈손은 머쓱하게 웃었다.

"그게 좀 복잡해요."

최해산은 자신에게 칼을 휘두르고 사라진 자를 생각했다. 도대체 누
구일까. 궁 안에서 자신에게 칼을 뽑는 자가 있을 것이라고는 생각도 못
했다.

이어서 군기감과 자신의 작업실이 떠올랐다.

최해산의 마음을 읽은 듯 장영실이 머뭇거리며 말을 꺼냈다.

"형님 작업실은 아주 콩가루가 됐어요.
대포고 뭐고 하나도 남은 게 없어요."

최해산의 표정이 어두워졌다.

병졸 하나가 내의원 안으로 들어왔다.

"찾는 분들이 있는뎁쇼."

장영실이 대신 대답했다.

"형편이 이런데 사람을 어찌 만나겠소. 다

특별한 전문직, 안태사

왕가에서 출산이 있을 때 그
출생아의 태를 묻어 두던 석실
을 태실, 혹은 태봉이라고도 한
다. 조선 시대에는 이 일을 담
당하는 태실도감이 따로 있었
고 태를 묻는 안태사라는 관원
까지 있었다. 출산이 많아서였
는지, 이것도 전문직으로 봐야
하는지 궁금하다.

음에 오라 하시고 이름이나 물어봐 주시오."

"이름이 박현달이라고 합디다."

그 말에 최해산은 자리에서 벌떡 일어났다.

"박현달이 왔다고?"

금방이라도 뛰쳐나갈 것 같던 최해산은 배를 잡고 쓰러졌다. 칼에 찔린 자리가 채 아물지 않았던 것이다.

"영실아, 네가 가서 데려와라. 전에 말한 산속의 내 친구들이다."

최해산의 말에 장영실은 펄쩍 뛰었다.

"아니, 그 사람들이 여기가 어디라고 찾아와요."

"괜찮아. 전하께서도 알고 계셔."

"네에?"

그간의 사정을 알 리 없는 장영실은 종잡을 수 없다는 표정으로 최해산을 바라보았다.

오해는 풀리고 문제도 풀리고

"흠, 일이 그렇게 된 거였군."

노빈손으로부터 자초지종을 들은 장영실은 무겁게 고개를 끄덕였다.

'그런 곳에 호위도 없이 목숨을 내놓고 가셨다니 보통 대단한 분이 아니시다.'

"저기요, 영실이 형."

"왜?"

"물어볼 게 있는데요."

"뭔데?"

노빈손은 혹시라도 장영실의 기분이 상할까 봐 조심스럽게 말을 꺼냈다.

"지난번에요……. 왜 저한테 그렇게 매정하게 구셨어요?"

장영실은 말없이 하늘을 올려다보았다.

외로운 구름 한 점이 바람에 흔들리고 있었다.

"…부끄러워서 그랬다. 네 공을 가로채려 한 것이 부끄러워서, 내가 나를 용서할 수가 없어서."

장영실의 솔직한 대답에 당황한 건 오히려 노빈손이었다.

그게 미안해서 위험을 무릅쓰고 불 속으로 뛰어 들어온 건 짐작이 가고도 남았다.

"내가 관노 출신의 천한 집 자식인 건 알지?"

"대충은요."

장영실은 쓸쓸하게 웃었다.

"출세하고 싶었단다. 그래서 사람들에게 인정받고 지방에 계신 어머니도 모셔 오고 돌아가신 아버님 묘소도 찾아 보고. 사실 자신도 있었지. 그런데 나보다 재능이 뛰어난 너를 보자 질투가 난 모양이다. 특히나 전하께는 잘

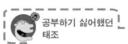

공부하기 싫어했던 태조

본바탕이 무인이었던 태조는 나이를 핑계로 경연에 잘 나가지 않았다. 수염도 허옇고 육신도 늙은 처지에 강론까지 들을 필요 있겠냐는 말에 도승지는 '창업한 군주가 공부를 허술하게 하면 나중에 후손들이 그것을 구실로 공부를 하지 않을 것'이라는 말로 설득했다. 태조는 옳은 말이라 끄덕였지만 경연에는 몇 차례 참석하지 않았다.

보이고 싶었거든."

장영실의 고백을 듣던 노빈손은 가슴 한구석이 발길에라도 채인 듯 아려 왔다. 신분이 낮다는 이유만으로 평생 한을 품고 살아가는 사람들은 얼마나 답답하고 속이 상할까.

장영실은 분위기를 바꿔 밝은 목소리로 물었다.

"나도 뭐 하나 묻자. 너는 왜 나를 구하려고 불 속으로 뛰어들었냐?"

노빈손은 대답 대신 장영실의 따뜻한 눈을 바라보았다.

"사실 저도 드릴 말씀이 있어요. 그 공 문제 있잖아요. 그거 제가 생각해서 푼 거 아니에요."

"뭐야?"

장영실은 어이가 없다는 표정이었다.

"근데 어떻게 풀었는지는 비밀이에요. 지금은 곤란하고 나중에, 나중에 꼭! 알려드릴게요."

"이 녀석, 여전히 비밀 타령이네."

밉지 않은 듯 눈을 흘기며 노빈손의 머리통을 쥐어박으려던 장영실은 신음 소리를 내며 손을 거둬들였다. 노빈손을 구하러 들어갔다가 다친 상처가 도진 모양이었다.

"어! 피다."

붕대 밖으로 번져 나오는 피를 보고 노빈손은 주머니를 뒤적거렸다. 마침 궁궐 후원에서 만난 귀신이 준 종이 쪼가리가 만져졌다.

제왕만이 읽을 수 있는 책?

동양 3국 제왕학의 공통 교재였던 『대학』은 『예기』 49편 중 42편을 들어내 별도의 이름을 붙인 것이다. 송나라 때의 유학자 진덕수는 『대학』의 뜻과 이치를 재해석하고 풍부한 사례를 덧붙여 『대학연의』라는 책을 쓴 후 경연 자리에서 황제에게 바쳤다. 이후 『대학연의』는 제왕학의 보전으로 대접받았으며 옥좌를 보장받은 사람만이 읽을 수 있어 일반인에게는 금단의 서적이 되었다.

"일단 이걸로 좀 닦구요, 헝겊은 금방 가서 구해 올게요."

장영실은 혀를 찼다. 찢겨 나가 너덜너덜한 데다, 종이 표면에 뭐가 묻었는지 피가 닦이기는커녕 겉돌고 있었다.

"이거 종이가 왜 이래?"

"아, 이거요? 종이에 촛농이 묻은 것 같던데."

"촛농?"

순간 기억 하나가 장영실의 머릿속을 빠르게 스쳐 지나갔다.

최하원의 방에 칠해진 초! 어쩐지 마음에 자꾸 걸린다 했더니.

장영실의 말이 빨라졌다.

"빈손아, 너 밖에서 물 좀 떠오너라."

아니나다를까, 종이 위에 물을 뿌리자 글자들이 드러났다. 노빈손은 입을 쫙 벌렸다.

"우아, 이거 비밀 편지였나 보네요? 한자 투성이네."

장영실은 그 말에 대답하지 않았다. 그의 시선은 편지 아래쪽에 적힌 서명에 못박혀 있었다.

'여기에도 주초산아목명이라고 적혀 있어!'

장영실이 노빈손에게 다그쳐 물었다.

"너 이거 어디서 났어?"

"궁궐 화원에서 우연히 만난 애꾸눈 귀신에게서 받았어요."

"애꾸눈이라고?"

애꾸눈, 주초산아목명, 촛농 글자. 장영실은 단서가 하나로 이어지는 것을 느끼고 마음이 급해졌다.

"그런데 왜 종이가 반쪽뿐이냐?"

"반은 제가 뒷간에서 급한 나머지……."

장영실은 이미 노빈손의 말을 듣고 있지 않았다.

"너 여기 잠깐 있어라."

"네?"

영문을 모르는 노빈손을 남겨둔 채 장영실은 종이쪽을 들고 어디론 가 황급히 달려갔다.

 불안한 조아명

"자알 하는 짓이다. 그거 하나를 처리 못 해서 일을 키워?"

화가 안 풀리는지 조아명은 연거푸 애꾸눈의 정강이를 발로 걷어찼다.

군기감 폭발 사건이 난 후 궁궐의 경비가 강화되고 불이 난 원인을 찾는 조사가 비밀리에 진행되고 있었던 것이다.

"그때가 경비병들 교대 시간이라 다른 선택의 여지가 없었습니다."

애꾸눈은 어렵게 입을 떼서 변명을 했지만 조아명의 화만 돋울 뿐이었다.

"이놈이 또 사람 가르치려 드네? 경비병들이 거치적대면 그것들도 해치우면 그만이잖아. 시키면 토 달지 말고 무작정 해. 너는 칼만 쓰라구. 머리는 내가 쓸 테니까."

전략은 나 몰라라 충성만 요구하는 조아명의 꾸중에 애꾸눈은 입술을 깨물었다.

"제가 책임지고 그 둘을 보내겠습니다."

그렇게 말하며 올려다보는 애꾸눈의 한 쪽 눈이 너무나 섬뜩해서 조아명은 애써 그 눈을 외면했다.

"알았다. 나가 봐. 그리고 이건 사신단으로 가는 편지다. 이번엔 제대로 배달해."

조아명의 편지를 품속에 넣은 애꾸눈은 허리를 깊게 숙여 인사를 올리고 방을 나갔다.

혼자 남은 조아명은 생각에 잠겼다.

어쨌거나 장영실과 최해산은 애꾸눈 녀석이 처리할 것이다. 대포 시합이야 뭐 신경 쓸

세종의 정치적 에너지

조선 사회는 학식이 권력인 전형적인 유교 사회였다. 따라서 '말발'이 달리면 아무리 왕이라도 신하들의 의견을 무시하기 어려웠다. 초반전 신하들에게 일방적으로 몰리던 세종은 세종 6년에 이르러 반격에 나선다. "경들은 앎이 고금에 통달하면서도 어찌 이치를 알지 못하는가?"라는 말로 신하들에게 스트레이트를 날리기 시작한 것. 이 말은 세종의 학문이 나이 든 신하들과 대등한 토론이 가능한 수준으로 성장했음을 말해 주며, 그 원동력은 독서였다.

것이 있겠는가. 산술과 달리 대포는 인간의 머리만으로는 해결이 안 되는 문제다. 최하원이 없는 한 무용지물일 뿐이라고.

'그런데 왜 이렇게 뒷골이 당기지.'

모든 것이 명확히 정리되었는데도 조아명의 머릿속은 왠지 자꾸만 복잡해지고 있었다.

 ## 드러나는 전모

"지금 뭐 하는 거냐?"

순평군은 대뜸 방 안에 세숫대야를 들여오는 장영실을 의아한 눈초리로 바라보았다.

장영실은 품에서 노빈손에게 얻은 종이를 꺼냈다.

"그건 또 뭐고. 백지 아니냐."

장영실은 고개를 저었다.

"그냥 백지가 아닙니다. 보십시오."

장영실이 세숫대야에 백지를 담그자 거짓말처럼 글씨가 드러났다.

"허허, 거참 신기하네. 재밌어서 보여 주려고 달려온 거냐?"

"참, 대감도. 아무려면 제가 그렇게 한가하게 보이십니까. 편지에 쓰인 글을 한

조선의 오렌지족

대사헌 조계생은 옛날 선비는 미투리를 신고 책을 끼고 다니면서 학문에 힘썼는데 요즘 학생들은 말을 타고 종을 시켜 책보를 들게 한다며 말 타는 것을 금지해 줄 것을 세종에게 요청했다. 나라가 슬슬 자리 잡히자 학문을 게을리하는 양반의 자제들이 늘어났던 모양이다. 조선 시대판 오렌지족의 등장이다.

번 읽어 보십시오."

그제야 순평군은 진지하게 물 속의 편지를 내려다보며 한 자 한 자 읽기 시작했다.

"아이고, 뭔 글자가 이리 어렵냐……. 치리우라雉離于羅…, 한 마리 꿩이 그물에 걸렸네……?"

"바로 그겁니다."

"오늘은 무지하게 대화가 어렵구나. 좀 쉽게 말해 봐라."

장영실은 목소리를 낮췄다.

"이 서찰은 우연히 입수한 것입니다. 내용으로 미루어 봐서 누군가가 명나라 사신단에게 보내는 편지 같습니다."

"그런데?"

되묻던 순평군의 얼굴이 갑자기 시뻘개졌다.

"한 마리 꿩이 그물에 걸렸다…혹시 그 꿩이 주상 전하를 뜻하는 것이냐?"

장영실은 끄덕였다.

"이런 고얀……."

순평군의 표정이 분노로 일그러졌다.

"대체 어떤 놈이 이런 불역한 편지를 사신단으로 보냈단 말이냐."

"그 서신 아래의 서명을 잘 보십시오."

물에 적신 종이를 꺼낸 순평군은 뚫어지게

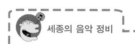
세종의 음악 정비

국가의 각종 의례에 고전에 입각한 음악을 사용한 것은 고려 예종 때 북송의 아악을 받아들이면서부터이다. 그러나 고려의 정치적인 혼란이 가중되면서 음악 역시 혼돈에 빠졌다. 악기는 소실되고 빈자리를 적당한 향악기가 대체했다. 서양 클래식 연주에 꽹과리가 등장하고 클라리넷 대신 태평소가 들어간 셈이다. 예의가 갖춰지고 음악이 조화를 이루는 나라의 건설이 유교정치의 이상이었으니 세종의 음악 정비는 당연한 일이었다.

종이를 들여다보았다.

"주초산아목명走肖山我目冥…? 이건 더 어렵구나. 도대체 이게 무슨 뜻이란 말이냐."

장영실은 대뜸 여섯 글자 사이에 두 개의 빗금을 그어 두 글자씩 세 묶음을 만들었다.

"단순한 파자일 뿐입니다. 두 글자를 합해 보시지요."

"주하고 초를 더하면 조, 산하고 아를 더하면 아, 목하고 명을 더하면 명…. 그럼 조… 아명?"

"이 사신단 서찰에 적힌 것과 똑같은 서명이 최하원의 방 벽에도 있었습니다. 최하원은 자신에게 닥친 위험을 누군가에게 알리기 위해 협박자의 이름을 벽에 초로 적어 놓았던 겁니다."

"설마 지금 전하를 도와 사신단을 상대하고 있는 예조 참의 조아명은 아니겠지?"

파자 암호 만들기

한자의 자획을 나누거나 합쳐서 맞추는 놀이를 파자라고 한다. 간단한 파자 암호 하나! 약속 장소를 가리키는 籍(서적 적)은 어떻게 해석할 수 있을까? 한자를 분해해서 파자로 만들어 보면 답이 나온다. 竹(대나무 죽)+二(두 이)+十(열 십)+八(여덟 팔)+昔(석·저녁 석과 발음이 같다) 즉 스무여드레 날 저녁 대나무숲에서 만나자는 뜻이다.

"그건 모르는 일이지요. 조아명이란 이름이 흔한 이름은 아니지만 꼭 참의라고 확신할 수는 없구요. 다만 꼼꼼히 지켜볼 필요가 있을 것 같다는 말씀입니다. 혹시 최하원이 지목한 조아명이 참의 조아명이고 사신단에게 편지를 보낸 사람도 같은 인물이라면 대단히 위험한 상상이 가능해집니다."

뭔가를 궁리하는 듯 순평군의 눈빛이 예리하게 빛나고 있었다.

다이나믹 조선 만들기

셋째로 태어나 우여곡절 끝에 한 나라의 왕으로 즉위한 세종대왕. 책을 좋아하는 얌전한 성격으로 보였지만, 사실 가슴속에 어떤 왕보다 큰 소망을 품고 있었다. 바로 자신의 나라인 조선을 태평성대의 문화강국으로 만들겠다는 꿈. 그 목표를 가지고, 세종대왕은 이제 겨우 첫 걸음마를 떼기 시작한 조선이라는 나라에 하나하나 토대를 세우며 기틀을 잡아 나갔던 것이다.

프로젝트 1. 집현전 확대

'인재만이 살 길이다.'

말은 안 했어도 세종대왕의 머릿속에는 이런 생각이 들어 있었음이 틀림없다. 세종대왕이 즉위한 지 3년 만에 확대·개편된 집현전은 인재 창고인 동시에 국정의 수뇌부 역할을 했으며, 장기적으로는 정부홍보처 기능까지도 맡아 하는 거대한 왕립 학술문화 기관으로 자리잡았기 때문이다.

집현전 학사는 문인이라야 했고 그중에서도 젊고 두뇌가 뛰어난 사람을 골라 양성했다. 학문과 연구에만 전념할 수 있도록 생활비를 지원했으며, 보통 다른 부서에 옮겨 가지 않고 10년 이상 머무르도록 하여 당대의 최고 학자로 성장시키려 했다. 그 결과 수많은 학자, 정치가가 배출되어 세종 시대의 찬란한 문화와 유교 정치의 발전을 이룩한 원동력이 되었다. 또한 경연과 서연, 고금의 문물, 제도의 연구, 문헌의 편찬, 명과의 외교문서 작성, 명 사신 영접, 과거시험관, 사관 등의 일을 담당했다.

프로젝트 2. 국토의 개척과 영토 확장

'무장하지 않은 자유와 자주는 없다.'

세종대왕은 세자 시절부터 말 타기와 활쏘기에는 젬병이었다. 심지어 왜구 대책 회의를 하는 자리에서 바다에서의 전투는 포기하고 육지에서만 싸우면 어떻겠냐는 의견을 내놓아 아버지인 태종과 관료들을 경악시켰다. 삼면이 바다이고 일본과 심히 가까이 있는 조선의 처지에서 해전을 포기한다는 것은 국가 안보상 치명적이었기 때문이다. 그러나 세종대왕은 자신의 취약한 부분을 다른 사람의 재능으로 대치할 줄 알았다. 그 결과가 김종서의 6진 개척과 최윤덕의 4군 설치이다. 이 같은 업적이 가

능했던 것은 세종대왕이 자신이 잘 못한다는 이유로 국방과 군사를 내버려 두지 않고 군사 훈련, 화기의 개발, 병서의 간행, 성을 쌓고 군함을 준비하는 등 꾸준히 관리해 왔기 때문이다. 세종대왕은 6진을 개척하고 돌아온 김종서에게 이런 말을 했다. "이 일은 네가 없었더라면 불가능했을 일이다. 그러나 내가 없었더라도 이루어지지 못했을 것이다."

프로젝트 3. 영농법의 연구와 배포

'임금의 하늘은 백성이고 백성의 하늘은 밥이다.'

세종 시절의 학문과 문화는 경제적 안정 덕에 가능했다. 당시는 농경 사회였기에 경제적인 안정이란 농업 기술의 발전과 같은 말이었다. 세종대왕의 명을 받아 정초가 쓴 『농사직설』은 '풍토가 다르면 농사법도 달라야 한다'는 전제 하에 전국 각 지역에 가장 적합한 곡식 재배 방식을 수집, 연구하여 편찬한 것이다. 백성들은 『농사직설』로 가장 효율적인 농사 방법을 배울 수 있었으며 조선 농업의 기본 도서로 내려오던 이 책은 나중에 일본에까지 전수되었다. 쌀 없는 가정에 평화가 없다는 것을 세종대왕은 잘 알고 있었다.

프로젝트 4. 조선의 선율을 찾아라

'밥만 먹고 살 수 있나. 문화도 국력이다.'

"아악은 본래 중국 음악이다. 중국 사람들은 평소 늘 그것을 들어서 익숙하니 제사에도 사용하는 게 당연하다. 하지만 우리나라 사람들이 살아서는 향악을 즐기고 죽어서는 아악을 들어서야 되겠느냐." 세종대왕은 이어서 이렇게 말했다. "음악을 들으면 그 나라의 정치 수준을 알 수 있다." 이런 멋진 말을 하는 지도자는 요즘 세상에도 찾아보기 힘들다. 세종대왕은 문화의 가치를 알았고 그것이 자존심이라는 것도 간파하고 있었다. 박연은 세종대왕의 명에 따라 연구를 계속한 끝에 마침내 〈보태평〉, 〈정대업〉 같은 향악을 만들어냈다. 궁중에서 중국의 것 대신 우리 음악이 울려 퍼지게 된 것이다.

☁ 프로젝트 5. 우리말을 우리 글로 적게 하라

"우리나라의 말이 중국 말과 달라 한자와 서로 통지 아니하므로 어리석은 백성들이 말하고 싶은 것이 있어도 그 뜻을 담아서 나타내지 못하는 사람이 많으니라. 내가 이것을 딱히 여겨 새로 스물여덟 글자를 만드니 사람마다 쉽게 깨쳐 날로 씀에 편안케 하고자 할 따름이니라."

훈민정음의 서문은 이렇듯 백성을 생각하는 세종대왕의 마음을 담고 있다. 그러나 한글 창제에는 그 이상의 의미가 담겨 있었다. 한자가 아닌 새로운 문자를 만들어 내다니, 이것은 중국과 다른 길을 걷는 자주 국가가 되겠다는 의지의 표현이나 다름없었다. 그렇기에 최만리를 비롯한 집현전 학사들이 상소를 올리고 문신들이 모조리 반대에 나섰던 것이다. 그럼에도 불구하고 세종대왕의 의지는 꺾이지 않았다. 앞날을 내다보는 눈을 가지고 미래를 준비할 수 있는 지도자, 그것이 세종대왕이었다.

반격

"참 싱거운 사람들일세. 아니, 대포도 없이 무슨 포 쏘기 시합을 한다고 그래?"

"그게 참… 면목이 없네."

박현달의 면박에 최해산은 자기가 잘못하기라도 한 듯 궁색한 변명을 늘어놓았다.

"자네나 세종이나 똑같은 사람들이야. 무작정 사람을 부르지를 않나, 대책도 없이 나라를 세우지를 않나."

은근히 조선과 세종을 비하하는 박현달의 말에 최해산은 눈에 쌍심지를 켜고 맞받았다.

태종과 정인지

태종 14년, 문과 시험에서 세 명의 후보가 선발되었으나 심사위원들은 장원을 정하지 못하고 마지막 결정을 태종에게 넘겼다. 태종은 답안지를 보는 대신 그중의 하나를 무작정 뽑았는데 바로 정인지의 것이었다. 그런 인연 때문인지 태종은 정인지를 아끼고 높이 평가했다. 태종 17년, 비가 오지 않아 임금도 금주를 하고 비오기를 기원하던 중에 일부 관리들이 술을 마시다가 적발되었는데 거기에는 정인지의 이름도 들어 있었다. 태종은 처벌을 하지 않았다.

"무슨 말을 해도 좋아. 그런데 전하에 대해 막말을 하면 아무리 친구라도 내 참지 않을 것이네."

박현달은 슬쩍 한발 물러섰다.

"이 사람, 왜 성질은 내고 그래. 말이 그렇다는 거지. 근데 대포는 어쩔 건가?"

"솔직히 말해서 나도 몰라. 예전에 시험 삼아 만들어 둔 것이 있긴 했는데 다 내다버렸거든."

"잘하는 짓이군."

"그만하라니까."

"어차피 일할 것도 없는데, 어디 술 좀 없나? 손님 대접이 왜 이래?"

최해산은 처량하게 웃었다.

"뭐, 그건 내가 해결해 줌세."

"설마 대포 팔아서 사 둔 건 아니겠지?"

"예끼 이 사람."

말은 그렇게 하면서도 최해산은 찔리는 구석이 있었다. 박현달의 말대로 실험하다 고장난 대포들을 고물상에 몰래 넘겼던 기억이 떠올랐기 때문이다.

순평군의 보고를 들은 세종은 맥이 풀려 한동안 말을 잇지 못했다.

'믿었던 조아명이 명나라의 첩자일 수도 있다고? 그래. 하긴 좀 이상하긴 했어. 왕 메이 룽은 처음부터 마치 이쪽 패를 다 읽고 있는 것처럼 행동했었지. 인삼 건도 그렇고.'

"어떻게 하실 요량입니까?"

걱정이 가득한 얼굴로 순평군이 물었다.

"이렇게 합시다. 내가 조아명에게 거짓 정보를 흘리겠소. 거기에 대한 왕 메이 룽의 반응을 보면 사실 여부를 알 수 있겠지."

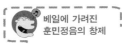
베일에 가려진
훈민정음의 창제

『조선왕조실록』에서 훈민정음을 찾아보면 세종 25년 훈민정음이 창제되었다는 것이 최초 기록이다. 우리가 정말 궁금한 창제 과정인 세종 25년 이전의 기록은 단 한 줄도 없다. 훈민정음의 창제에 대해 세종이 일부러 말을 아낀 것은 신하들의 목숨을 건 반대와 세종의 정치 생명이 걸려 있었기 때문이다. 그러나 실록을 꼼꼼히 읽어 보면 음운학이나 문자학에 대한 세종과 신하들의 대화가 자주 등장하는데 이를 통해 세종이 꾸준하고 은밀히 훈민정음의 창제를 계획하고 추진했음을 알 수 있다.

"좋은 생각이십니다. 그런데 여전히 표정이 어두우십니다."

"대포 시합 때문이지 또 뭐가 있겠소."

"허면 대책은 있으십니까?"

"일단 해산이에게 방안을 강구하라 해 놓기는 했지만……."

세종은 말꼬리를 흐린 채 눈을 감았다.

"변방에 배치된 낡은 대포라도 끌어오는 수밖에 없겠군요."

"어른과 아이의 시합이나 다름없소. 답이 안 보여."

"아주 방법이 없는 것도 아니옵니다만……."

"그게 무슨 말이오?"

순평군은 목소리를 낮췄다.

"실은……."

대포만 있으면 된다니까

주거니 받거니 술잔을 건네던 최해산과 박현달은 술기운이 올라 불콰한 얼굴이었다.

긴장이 풀어지자 최해산은 슬그머니 예민한 질문을 던졌다.

"자네, 이제 그만 포기하면 안 되겠나?"

"뭘 포기해?"

짐작 가는 바가 있으면서도 박현달은 딴청을 피웠다.

"에이, 알면서……."

"무슨 말인지 통 모르겠네. 술이나 더 마시세."

'이렇게 좋은 친구들과 다시 합쳐 일을 하면 얼마나 좋을까.'

최해산은 술잔을 받으면서 그런 생각을 했다.

같이 천둥벌거숭이처럼 천렵(냇물에서 고기잡이하는 일)을 즐기던 어린 시절.

함께 폭약 제조법을 배우며 아버지 최무선에게 혼이 나던 일도 떠올랐다.

나머지 추억은 박현달이 하고 있었다.

'친구, 나도 기억난다네. 여름이면 수박 서리, 겨울이면 눈치 없는 꿩을 잡아 모닥불에 구워 먹던 일도. 그러나 그건 다 지난 기억일 뿐이야. 어쩌다 보니 지금 같이 술잔을 기울이고 있지만, 나는 이미 돌아올 수 없는 강을 건너 버렸단 말일세.'

말없이 술잔을 주고받던 두 사람은 갑자기 들려온 벼락 같은 호통 소리에 기겁을 했다.

"아니, 이 사람들이 지금이 어느 때라고 술타령이란 말인가."

순평군이었다.

"아이쿠, 대감. 실은 그게 아니오라……."

쥐구멍을 찾을 듯이 변명하는 최해산과 달리 박현달은 냉소적인 어투로 이죽거렸다.

"남이야 술을 먹든 밥을 먹든 뭔 상관인가. 시합하겠다고 사람을 불렀으면 썩은 대포라

언론은 중요하다

자기 생각이 있고 고집이 있는 군주들이 언론을 귀찮게 여기거나 탄압한 것과 달리, 세종은 언론의 이야기를 잘 듣는 것을 중요하게 여겼다. 때문에 도승지가 먼저 상소문을 받아서 추려내 올리던 관행을 없애고 직접 상소를 받았다. 또한 사간원과 사헌부에 이어 집현전도 언론 기능을 하게 했다.

도 한 대 내놓던가."

"지금 대포라 했는가?"

순평군의 말에 박현달은 고개를 빳빳이 세우고 대꾸했다.

"그렇소. 피곤하게 같은 말을 두 번씩 해야 하오?"

"그러니까 대포만 있으면 된다, 이 말이지?"

투정 부리는 아이를 달래듯 여유작작한 순평군의 태도에 최해산과
박현달은 의아한 표정으로 얼굴을 마주 보았다.

세종의 덫

세종의 부름을 받고 입궁한 조아명은 엄청난 소식에 자신의 귀를 의심했다. 시합에 사용할 대포들이 지난번 화재로 완전히 소실되었다는 얘기였다.

"어쩌면 좋은가. 최해산에게 보고를 받고 어제는 한숨도 못 잤네."

안절부절못하는 세종을 보며 조아명은 속으로 만세를 불렀다.

'호호. 애꾸눈 그놈이 한 건 하기는 했네. 사람은 못 잡았어도 대포는 날려 버렸으니 말이야.'

"무슨 방법이 없을까? 시합을 물리거나

연기할 수 있는 그런 묘수 말이야."

조아명은 일단 우는 척부터 했다.

"어흑! 전하, 어찌 이리 불운이 연달아 온다는 말입니까. 이 또한 저의 불찰이옵니다."

세종은 바닥에 얼굴을 묻은 채 어깨를 떨고 있는 조아명의 모습을 의구심 가득한 눈길로 바라보았다.

'저것은 연기일까, 진심일까?'

세종은 재차 엄살을 떨었다.

"물어보니 다시 만들려면 최소한 두 달은 있어야 한다고 하더군."

"두 달이나요?"

조아명은 놀란 표정을 지어 보였고 세종은 침통하게 고개를 끄덕였다.

"대처 방안을 한번 모색해 보게. 연회를 열든지 유람을 시켜 주든지, 하여간 왕 메이 룽의 관심을 돌릴 것이 필요해. 지원은 아낌없이 할 것이네."

편전을 나서는 조아명의 발걸음은 날 듯 가벼웠다.

'상황 종료군. 이제 다 끝난 거지, 방안을 찾아보긴 뭘 찾아봐.'

세종이 쳐 놓은 덫에 조아명이 걸려든 것은 한나절도 채 안 되서였다. 몹시 당황한 듯 내관이 종종걸음으로 뛰어 들어왔다.

"전하, 왕 메이 룽이 전하를 급하게 뵙자며

『의방유취』

세종의 명에 의해 편찬된 한방 의학 백과사전이다. 『향약집성방』, 『동의보감』과 함께 조선시대의 3대 의서로 꼽힌다. 우리 의학을 자주적으로 발전시키기 위해 고전 한의방서들을 종류별로 모아 정리한 것이다. 365권으로 편찬·완성되었다가 이후 266권으로 간행되었다. 그러나 대부분 임진왜란 때 없어졌고, 왜적에게 약탈된 단 한 질이 현재 일본 궁내청에 유일하게 남아 있다.

기다리고 있습니다."

"또 왜?"

"직접 말씀드린답니다."

"내가 몸이 좀 안 좋다고 내일 보자 하여라."

문밖에서 들었는지 왕 메이 룽이 큰소리로 대꾸했다.

"어차피 얘기는 내가 할 거니까 듣기만 하면 된다고 전해."

세종의 눈썹이 꿈틀거렸다. 참으로 무례한 자들이구나.

허락도 생략한 채 불쑥 정전 안으로 들어선 왕 메이 룽은 혀부터
찼다.

"쯧쯧, 그리고 골골해서 어찌 나라를 다스리는지 모르겠소이다. 운동
좀 하셔야 하는 거 아닙니까?"

"웬일이시오?"

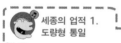
"상태가 안 좋다니 듣기만 하시지요. 오
늘 전갈이 오기를 황제 폐하께서 이 몸을
급히 보자 하신다 하지 뭡니까. 해서 며칠
안으로 출발을 해야 할 것 같소이다. 그러
니까 우리가 곧 이별이라 이 말씀이지요."

"그거 잘 됐소."

왕 메이 룽은 먹잇감의 숨통을 조여 가
는 맹수처럼 느물거리며 말했다.

"뭐가 잘 됐다는 거요?"

"대포 시합 말이요. 그렇잖아도 시일이

촉박하다 했는데 대사께서 가셔야 한다니 다녀오신 다음에 천천히 하면 되겠소이다."

왕 메이 룽은 코웃음을 쳤다.

"미룰 게 따로 있지 어찌 공언한 시합을 나중에 한다는 말이오."

"그럼 어쩌자는 말씀이오?"

"사흘 뒤에 합시다. 원래는 제대로 된 대포를 끌고 와서 한 수 가르쳐 줄 계획이었는데 일단 아쉬운 대로 압록강변에 배치한 허름한 거라도 급히 가져오라 했소."

"사흘이라니, 말도 안 되오. 우리도 준비할 게 많은데."

왕 메이 룽은 눈을 부라렸다.

"허허, 딱하시네. 천자의 하명이 중요하오, 아니면 조선의 사정이 중요하오? 내가 급히 가야 한다지 않소. 하여간 통보했으니 내 할 일은 끝났소."

"잠깐만. 나도 생각 좀 합시다."

"뭘 생각하오?"

"이왕 하는 거 길일을 잡아 하는 게 더 낫지 않겠소."

"이게 무슨 혼례 날짜 잡는 것도 아니고 좋은 날이 어디 있소?"

투덜대는 왕 메이 룽을 무시한 채 세종은 장영실과 나누었던 대화를 떠올리고 있었다.

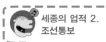

**세종의 업적 2.
조선통보**

조선은 초기까지도 화폐가 아닌 포목이 돈의 기능을 맡고 있었다. 먼저 태조가 화폐 개혁을 하려 했으나 개국 초기라 사회의 혼란을 우려해 미루었고, 태종 또한 저화라 하는 닥나무 껍질 화폐를 만들어 사용하려 했지만 포목 교환에 익숙해진 백성들이 꺼려서 잘 되지 않았다. 결국 세종 때에 이르러서야 조선통보라는 금속 동전이 등장하였다.

'전하, 왕 메이 룽이 시합 날짜를 바꾸자 하면 닷새 후로 하십시오.'

'그건 또 무슨 이유냐.'

'닷새쯤 되면 날이 꽤 많이 흐리고 습기가 많아 명나라의 화약이 온 전히 제구실을 하지 못할 것입니다. 박현달은 폭약의 가장 치명적인 약 점인 습도를 보완한 폭약을 가지고 있다고 했으니 우리에게 더 유리할 것입니다.'

"아직도 생각 덜 끝났소?"

세종은 빙그레 웃었다.

"보채시긴. 닷새 뒤로 합시다. 그날은 황제의 넷째 부인의 생일인 것 으로 알고 있소. 이왕이면 좋은 날을 잡아 시합을 해야 그 의미도 사는 거 아니겠소?"

"닷새? 거참, 나 바쁜데."

"황제 폐하의 넷째 부인."

"에잉, 좋소. 이제 다시는 딴소리 안 하 는 거요."

말을 마친 왕 메이 룽은 뒤도 안 돌아보 고 편전을 나가 버렸다.

혼자 남은 세종은 나지막하게 중얼거 렸다.

"…조아명, 이 고얀 놈……."

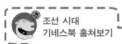

조선 시대
기네스북 훔쳐보기

가장 많은 아들을 둔 조선 시 대 임금은 누구일까? 답은 세 종. 6명의 부인 사이에서 18명 이나 되는 아들을 낳았다. 반 면 딸은 4명이었으니 아들 복 이 터진 셈. 세종의 왕비인 소 헌왕후 역시 조선 역사상 가장 많이 자식을 낳은 왕비로서 8 남 2녀를 두었다. 이 기록에 맞먹는 유일한 인물은 성종의 비인 숙의 홍씨로서 7남 3녀 를 낳았다.

"아니, 이게 어찌된 일인가요?"

최해산은 눈알이 튀어나오기 직전이었고 박현달도 적지 않게 충격을 받은 눈치였다.

순평군이 두 사람을 데리고 간 곳에는 거짓말 조금 보태서 최해산의 무기 공방이 그대로 재현되어 있었다.

"이건… 제가 그전에 내다버린 것들인데요?"

순평군은 어림도 없다는 투로 말했다.

"내다버리긴. 팔아먹었겠지."

"그런데 이것들이 어떻게 여기 있는지……."

"망가지거나 잘못된 것들을 궁 밖으로 내버리는 것 같기에 내가 몰래 다시 사들인 거라네. 앞일은 모르는 거 아닌가."

최해산은 잔뜩 긴장한 듯 조심스레 물었다.

"전하께 말씀드리진 않으실 거죠?"

"그럴 순 없지. 엄연히 나라의 재산인데 개인이 사사로이 팔아먹었으면 응분의 벌을 받아야 하는 게 아닌가?"

자식 같은 대포들을 다시 보니 반갑기는 했지만 죄를 따져 묻는다는 말에 최해산은 사색이 되었다.

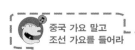

중국 가요 말고 조선 가요를 들어라

조선이 세워질 때 음악을 다스리는 기관도 함께 생겼지만, 사실 이때의 악가는 고려 때의 음악을 개작한 것에 불과했다. 그러다가 세종 때 이르러서야 비로소 한국 음악을 정리하기 시작했다. "살아 생전에는 조선 음악을 듣는데, 죽어서는 중국 음악밖에 연주해 줄 수 없다니 옳지 않다."는 것이 세종의 생각이었다.

"조건이 있네. 내 약속하는데 시합에서 이기면 그냥 묻어 두기로 함세."

"으아, 감사합니다. 대감은 정말 저의 은인이십니다."

"근데 이거 쓸 수는 있겠나?"

"녹이 좀 슬기는 했지만 조금 손보면 안 될 것도 없겠네요."

순평군은 만족스런 웃음을 지었다.

"허허, 다행이군. 말 안 해도 알겠지만 이건 우리끼리 비밀일세."

지켜보던 박현달은 혼잣말을 했다.

"조선에도 인물은 있군. 임금도 만만치 않더니 저자도 제법이야."

중얼거리는 소리에 최해산이 뒤를 돌아보았다.

"응? 자네 뭐라고 했나?

"아무 말도 안 했네. 어서 대포들이나 다 고쳐 놓으라고. 나는 지금부터 애들과 화약을 준비하겠네."

갑자기 생긴 대포 때문에 기분이 좋아진 최해산은 불쑥 손을 내밀었다.

태종의 유언

태종이 죽은 후 세종은 3년상을 치르는 동안 고기를 먹지 않겠다고 버티다가 몸이 무척 쇠약해졌다. 그러자 대신들은 태종의 유언까지 입에 올리며 세종을 만류했다. "세종은 고기가 없으면 밥을 먹지 못하니 내가 죽은 뒤에는 형편에 따라 3년상에 대처하도록 하라."는 것이 태종의 유언이었다.

"자, 우리 잘 해 보자는 의미로 악수 한 번 하세나."

박현달은 팔짱을 낀 채 썰렁하게 대꾸했다.

"이기면 하세."

'조선의 궁궐을 향해 발사하려던 폭약을 조선을 위해 쓰게 되다니 세상일이란

게 참 묘하군.'

분노와 슬픔으로 보낸 지난 세월을 되짚어 보던 박현달은 쓰게 웃었다.

"대포는 해결이 되었고… 화약은 문제없겠지?"

"화약은 걱정 말게. 내가 만드는 건 예전에 자네가 봤던 수준의 폭약이 아니야. 실은 더 좋은 게 있는데……."

"그게 뭔가?"

"서역 상인들이 불을 붙일 때 쓰는 검은 기름이 있네. 경복궁을 한순간에 불바다로 만들어 버릴 수 있는 아주 무서운 거야. 그들이 그 기름을 어떻게 활용하는지 알아낸다면 엄청난 폭발력을 끌어낼 수 있을 텐데 말이야."

박현달의 말에 최해산은 자기도 모르게 침을 꿀꺽 삼켰다.

"혹시, 그 기름 가지고 있는가?"

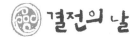

결전의 날

한양에서 조금 떨어진 벌판.

아침 일찍부터 조선의 문무백관들과 명나라의 사신단이 모여 있었다.

벌판 한쪽에는 천막을 쳐서 귀빈들이 앉을 수 있도록 했고 그 양옆으로는 나무 의자가 줄지어 놓여 있었다.

석유는 언제 발견되었을까

기원 전 1세기 경 중국인들은 지하 1km까지 땅을 파내려가는 시추 기술을 가지고 있었다. 원래는 소금을 얻기 위한 것이었으나 파다 보니 천연가스와 석유를 발견한 것. 서양보다 무려 1900년이나 앞선 것이었다. 천연가스와 석유가 나오는 우물을 불우물이라는 뜻으로 화정이라 부르고 석유는 돌에서 나오는 까만 기름이라는 뜻의 석칠이라 불렀다. 물론 지금처럼 다양하게 활용하지는 못했다.

하늘에는 구름이 잔뜩 낀 것이 금세 비라도 뿌릴 기세였다.

호위 무사는 걱정스러운 눈치였다.

"날이 이리 궂으면 화약이 제대로 폭발을 못 할 텐데요."

왕 메이 룽은 짜증을 내며 대꾸했다.

"니가 큰 인물이 못 되는 이유에 하나 더 추가해 주마. 날씨가 궂으면 다같이 불리하지, 조선은 무슨 용 빼는 재주 있다던. 생각 좀 하고 살 아!"

세종은 귀빈석에 미리 나와 앉아 있었다.

거만한 표정으로 행사장을 둘러보던 왕 메이 룽은 품에서 작은 책자 하나를 꺼내 세종에게 건넸다.

"이건 뭐요?"

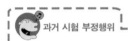
과거 시험 부정행위

조선은 과거 시험에서 발생할 수 있는 부정을 방지하기 위하여 여러 가지 장치를 만들어 놓았다. 먼저 특정 필체를 알아보고 시험관이 후한 점수를 주는 것을 방지하기 위해 답안지를 모두 다시 베껴 쓰는 등록관이 있었다. 다음은 등록관이 매수되는 것을 방지하기 위해 사동관을 두어 등록관이 쓴 답안지와 원래의 답안지가 같은지를 조사하는 2중의 조치를 취했다. 이 같은 감시에도 불구하고 부정 사건은 끊이지 않았다고 한다.

"명단입니다. 지난번에 데려가겠다던 기술자 삼백 명 명단. 통보하고 짐 챙기고 하려면 시간이 걸릴 것 같아 내 미리 준비해 왔소이다."

아직 시작도 안 했는데 이미 승부가 갈린 듯 행동하는 왕 메이 룽의 처사에 세종은 대꾸할 말을 찾지 못했다.

"대사도 참 정신세계가 특이한 사람이오."

"원래 내가 좀 튀지요. 으하하."

"허참."

잠시 후 명나라의 대포가 위풍당당한 모습을 드러내며 입장했다. 지켜보던 신하들은 탄식을 토해 냈다.

흔히 보던 조선의 대포와는 그 외양부터 달랐다. 포신은 길고 날씬했으며 표면에 밀 칠했는지 반짝반짝 빛나는 것이 여간 날렵해 보이지 않았던 것이다.

기고만장한 왕 메이 룽은 넌지시 염장을 질렀다.

"생각할수록 아쉽네. 시간만 충분했으면 본토에서 진짜 대포를 가져오는 건데 말이오."

"지금도 충분히 멋있소. 대포에 외관이 왜 중요한지는 모르겠지만."

세종 역시 만만찮게 받아쳤지만 그 목소리에는 왠지 힘이 없었다.

"무슨 소리. 보기 좋은 떡이 먹기도 좋고 폼 나는 대포가 날리기도 멀리 하는 법이오. 그런데 조선의 대포는 어디 있소?"

"지금 끌고 오는 중이오."

"끌고 온다고?"

잠시 후 조선의 무쇠 대포가 삐걱거리는 수레에 실려 초라하게 입장했다.

신하들은 우려가 가득한 눈길로 무쇠 대포를 바라보았다.

"저걸로 어떻게 시합을 해?"

"포탄이 나가긴 나가나?"

"참기름이라도 좀 바르지. 어째 저리 윤기가 없나."

관청에서 장의사 일도 했다고?

태종 6년에 설치된 조선 시대 관청 귀후서는 관을 만들거나 장례에 필요한 물품을 제작해서 민간에 파는 일을 맡았다. 귀후서라 함은 민덕귀후(죽은 사람에게 후하게 대하면 백성의 덕 또한 후하게 돌아감)이라는 말에서 비롯되었다.

　신하들 틈에서 조아명을 발견한 왕 메이 룽은 눈을 부라리며 조아명
을 째려보았다.
　'뭐 어째? 대포가 없다고? 그럼 저건 대포가 아니라 화승총이냐?'
　놀라기는 조아명도 마찬가지.
　'이런, 분명 대포가 없다고 말했는데?'
　곁눈질로 왕 메이 룽을 보던 세종은 조아명을 불렀다.
　"예조 참의 조아명은 앞으로 나오라."
　불시에 호출을 당한 조아명은 식은땀을 뻘뻘 흘리며 앞으로 나섰다.
　세종은 여유만만하게 웃으며 왕 메이 룽에게 조아명을 소개했다.

"진작 인사를 시키려고 했는데 어쩌다 보니 늦어졌소. 예조 참의 조아명이오. 나를 도와 이번 명나라 사신단을 상대한 주인공이지."

세종의 말에 조아명의 얼굴은 백지장처럼 창백해졌고 왕 메이 룽은 울긋불긋 얼굴에 단풍이 지는 것처럼 보였다.

'그럼 이 모든 것이 네놈의 계략이었단 말이냐.'

흥분을 이기지 못한 왕 메이 룽은 세종이 옆에 있다는 사실조차 잊은 채 소리를 질렀다.

"네 이놈. 은혜를 원수로 갚아? 그러고도 네가 목숨을 부지할 줄 아느냐?"

"대사, 그것이 아니옵고……."

조아명은 다리에 힘이 풀린 듯 그 자리에서 주저앉았다.

세종은 아무것도 모르는 것처럼 딴청을 피웠다.

"어? 두 사람이 서로 아는 사이시오? 그거 참 재미있는 일이네."

왕 메이 룽은 포기가 빠른 사람이었다.

"알긴 누가 누굴 안다는 말이오. 나는 저런 인간 본 적도 없소."

"아니, 왜 역정은 내고 그러시나."

약 올리듯 빙글빙글 웃는 세종에게 왕 메이 룽은 거칠게 대꾸했다.

"됐으니까 시합이나 합시다. 이기는 것만 보고 나 빨리 가야 하오."

"뭐 그럽시다. 그럼 각각 아홉 발씩 쏘는 거요."

공주라고 불러라!

원래 왕의 딸을 공주라고 부르는 관습은 삼국 시대에도 있었으나, '공주'와 '궁주'가 같이 사용되었으며, 고려 왕조에 와서 '궁주'로 정착되었다. 그러다 다시 세종 4년에 와서 공주로 불리도록 바꾸었다 한다.

세종이 대회 개막을 선언하자 신하들이 우레와 같은 박수를 보냈다.

힐끔 보니 사색이 된 조아명이 엉금엉금 기어서 자리로 돌아가고 있었다.

애꾸눈의 기습

"이거 정말 효력이 있을까?"

"제가 알기로는 그래요."

보자기로 싼 큼지막한 호리병을 가운데 둔 채 장영실과 노빈손은 한참이나 심각한 표정을 짓고 있었다.

마침내 결심한 듯 장영실은 무겁게 고개를 끄덕였다.

"좋아, 일단 가져가 보자. 나머지는 하늘에 맡기고."

"그래요. 밑져야 본전인데."

장영실은 슬쩍 눈을 흘겼다.

"무슨 산법이 그래? 밑지면 밑지는 거지 어떻게 본전이야?"

"아유, 형님도. 말이 그렇다는 거죠."

순간 문이 거칠게 열리며 애꾸눈이 방 안으로 들어섰다.

"으헉!"

"이 쥐새끼 같은 놈들. 감히 나를 골탕

> **조선 최초의 소방관청**
>
> 세종 8년, 도성에 큰 화재가 나서 2,000여 채가 불에 타 버렸다. 이 일을 계기로 세종은 우물을 파고 길을 넓히고 불막이 담을 쌓게 하는 등 화재에 대비하기 위해 여러 모로 애썼다. 또한 금화도감이라는 기관을 새로 만들어 불이 났을 때 기관들이 모두 힘을 모을 수 있도록 하였다.

먹여?"

"당신 누구요?"

노빈손이 뒷걸음질을 치며 슬그머니 장영실의 소매를 잡아끌었다.

"형, 내가 전에 말한 편지를 준 귀신이……."

"뭐?"

말이 끝나기도 전에 애꾸눈은 시퍼렇게 날이 선 칼을 뽑아들었다.

"장영실, 우리 일을 잘도 방해하더니 이렇게 끝을 보는구나. 그리고 너!"

애꾸눈의 칼 끝은 노빈손을 향하고 있었다.

"네놈은 더 악질이야. 나는 말이지, 너처럼 숨어서 뒤통수치는 놈들이 더 싫다고."

"제가 무슨 뒤통수를 쳤다고 그러세요. 애초부터 나쁜 짓을 한 아저씨가 잘못이지."

노빈손은 말꼬리를 잡으며 도망갈 구멍이 있나 주변을 살폈다. 애꾸눈이 그 눈치를 모를 리 없었다.

"찌그러진 배처럼 생긴 놈이 아주 잔머리에는 도사구나. 그렇게 나를 흥분시키면서 도망을 가려고?"

"어린애는 놔두고 나랑 상대하자."

언제 집어 들었는지 나무 작대기를 꼬나든 장영실이 애꾸눈을 노려보고 있었다.

조선 시대의 장애인 정책

조선 시대에는 장애인을 '폐질자', '잔질자', '독질자' 등으로 불렀다. 장애인 대책은 가족 부양이 원칙이었지만 만약 가족이 장애인을 부양할 수 없을 때에는 친척과 이웃 등 마을 공동체에서 지원해 주었다. 태조 때에는 장애인들에게 조세와 부역, 잡역을 면제해 주었다. 시각 장애인들에게는 점복(점치는 일), 독경(불경을 외우는 일), 악사와 같은 직업을 알선해 사회활동에 참여토록 도왔다.

"허 참, 그걸로 나를 상대하시겠다고?"

호기를 부리고는 있지만 장영실 역시 자신은 없어 보였다.

"빈손아, 내가 이 자를 막아 볼 테니까 너는 도망가."

"막을 테니까 도망가? 나 참, 오늘 여러 번 웃네."

애꾸눈은 어이가 없다는 듯 코웃음을 치더니 장영실을 향해 칼을 휘둘렀다.

칼질 한 번에 장영실이 든 나무 작대기가 절반으로 줄어들었다.

"으아~~."

"왜, 더 막아 보시지?"

낄낄대며 상황을 즐기던 애꾸눈은 정색을 하고 말했다.

"이제까지는 예고편이었고 지금부터 진짜다. 미운 놈부터 죽이겠다."

살기등등한 눈빛과 함께 애꾸눈은 노빈손을 향해 칼을 날렸다.

'주여~~!'

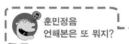

훈민정음 언해본은 또 뭐지?

한문으로 된 훈민정음에서 어제 서문과 예의편을 한글로 번역하여 합본한 책이다. 현재까지 발견된 것 중 가장 오래된 판본은 세조 5년에 간행된 『월인석보(月印釋譜)』에 『세종어제훈민정음(世宗御製訓民正音)』으로 합본된 것이다. 중세 한국어의 모습을 볼 수 있는 중요한 문헌 자료이기도 하다.

겁에 질려 눈을 감아 버렸던 노빈손은 갑자기 몸이 붕 뜨는 것을 느꼈다. 장영실이 몸을 날려 노빈손을 밀어내고 대신 칼을 맞은 것이다.

"영실이 형!"

팔에서 피를 철철 흘리는 장영실을 보자 노빈손은 공포를 잊고 이판사판의 심정으로 애꾸눈을 향해 돌진했다.

'어라? 이상하네?'

애꾸눈은 피할 생각이 없다는 듯 칼을 내려놓은 채 노빈손의 박치기 공격을 그대로 받아들이는 것 아닌가.

그뿐이 아니었다.

쿵!

잠시 후 거구의 사나이가 노빈손의 공격 한 번에 그 자리에서 무릎을 꿇었다.

아니, 무슨 이런 영화 같은 일이?

그러나 곧이어 쓰러진 사나이 뒤에서 칼을 거두는 박현달의 모습이 보였다. 그럼 그렇지.

"이래서 조선이 한심하다는 거다. 중요한 일을 맡겼으면 경호를 붙이는 건 당연한 일인데 도대체 생각이 있는 사람들이야?"

특유의 냉소 섞인 말투로 타박을 하던 박현달은 장영실에게 보자기를 내밀었다.

"빨리 가라. 벌써 시합 시작했겠다."

"감사합니다."

고개를 끄덕이고 일어서던 장영실은 으 익! 하는 비명과 함께 주저앉았다.

"영실이 형, 왜 그래?"

다친 곳은 팔뿐이 아니었다.

발목도 심하게 접질려 몸 바깥쪽으로 휘 어져 있었다.

"움직일 수가 없는데 저 대신 가시면 안

농사를 편하게 지을 수 있는 가이드, 『농사직설』

세종의 명으로 만들어진 농업 서적. 그 전에는 중국의 서적들을 참고했기 때문에 우리나라의 농업 현실을 제대로 반영하지 못하였지만, 이 책이 나옴으로써 드디어 국내의 풍토에 맞는 농법을 실제 농사에 적용할 수 있게 되었다. 정말 세종 임금님은 구석구석 신경 안 쓰신 곳이 없다니까.

되나요?"

박현달은 고개를 저었다.

"내 역할은 여기까지다. 나는 더 이상 조선을 위해 일할 수 없다."

돌아서던 박현달은 노빈손을 보고 말했다.

"얘가 가면 되겠네."

하더니 턱으로 밖에 매어 놓은 말을 가리켰다.

노빈손은 실실 웃으며 뒤로 한 걸음 물러섰다.

"하하하, 저는 말을 탈 줄 모르거든요."

마지막 시합

대포 시합장.

시합은 막바지로 치닫고 있었다.

쌍둥이도 낳고 횡재도 하고

세종은 백성에게 특별히 기쁜 일이 생겼다는 보고가 올라오면 하사품을 내렸다. 당시에는 쌍둥이가 드물었기에 한꺼번에 딸을 셋이나 낳은 집에 쌀을 보내 주기도 했으며, 덕수원에 사는 노인이 백 살 생일을 맞았다고 하자 쌀과 옷을 내리기도 했다. 부럽다 부러워.

명나라와 조선이 각각 여덟 발씩을 쏘았고 최고 기록은 명나라의 천오백 보.

조선의 최고 기록은 그보다 한참 못 미치는 천삼백 보였다.

"이제 한 발 남았습니다?"

왕 메이 룽의 말에 세종은 무겁게 고개를 끄덕였다.

'날씨가 흐려 화약이 제구실을 못 한다

는데도 저 정도라니 과연 명나라 화약이 보통은 아니구나. 여기서 끝이란 말인가.'

"폭탄도 아까운데 여기서 그만하시죠?"

이죽거리는 왕 메이 룽의 말에 세종은 태연한 척 웃어 보였다.

"대사가 뭘 모르시네. 원래 이런 경기는 마지막 한 발이 중요한 거란 말이오."

"쳇, 그런다고 매번 천 보 겨우 넘기던 대포가 갑자기 이천 보, 삼천 보라도 나간답디까? 좋소이다. 계속하시죠."

"작전 회의 한번 합시다."

"8회 말에 무슨 작전 회의를 합니까?"

"그게 내 방식이오. 막판 뒤집기 작전."

왕 메이 룽은 배를 잡고 웃었다.

"많이 뒤집으시죠. 일각(십오 분)을 드리겠소."

한숨 돌린 세종은 다급하게 최해산을 불렀다.

"가망이 없겠느냐?"

최해산은 눈물이 그렁그렁 맺힌 눈으로 고개를 저었다.

왕 메이 룽은 썰렁한 농담을 던지며 세종의 비위를 긁었다.

"일각이 여삼추(3년과 같다)라더니 혹시 삼 년 기다리라는 얘기는 아니겠지요?"

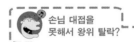

손님 대접을 못해서 왕위 탈락?

양녕대군이 폐위당했을 때, 법도대로라면 둘째인 효령대군이 왕위에 올라야 했다. 그러나 태종은 '사신을 대할 때 주인으로서 술도 마셔야 하는데, 충녕은 마시는 척이라도 하지만 효령은 한 모금도 입에 대지 못하니 좋지 못하다.'라는 교지를 내리고 충녕대군을 세자로 정한다. 하여튼 임금 노릇 하기도 힘들다니까.

세종은 쳐다보기도 싫다는 듯 외면하며 최해산의 어깨를 힘차게 두드려 주었다.

"마지막 한 발이다. 잘 쏘아라."

명나라가 먼저 쏘는 순서였다.

왕 메이 룽은 의미심장한 웃음을 흘렸다.

"조선에서 계속 빌빌대니까 박자 맞춰 주느라 대충 쏘고 있었는데 이번은 마지막이니 제대로 쏠 거요. 잘 보시오."

명나라 대포의 포신이 하늘을 향해 치솟았다.

쿠웅!

굉음과 함께 시커먼 탄환이 포물선을 그리며 창공을 갈랐다.

중간 중간에 서 있던 기수들이 깃발을 들어 포탄이 통과한 거리를 알리면 높은 곳에 올라가 보고 있는 병사가 중계하듯 큰 소리로 외쳤다.

"오백 보요."

피를 흘리며 뛰는 말?

말 중에서 가장 힘이 좋고 잘 뛰는 말을 한혈마라고 부른다. 달릴 때 땀과 피를 흘린다는 의미인데 실은 피부가 선홍색으로 붉기 때문에 땀을 흘리면 피처럼 보일 뿐이다. 한혈마의 원산지는 초원이 넓게 펼쳐진 중앙아시아였고 삼국지에 나오는 관우의 적토마도 한혈마 계통이라고 한다. 하루에 천 리를 달린다나.

"일천 보요."

"일천오백 보요."

왕 메이 룽의 말처럼 최고 기록을 가뿐하게 넘어선 포탄은 한참을 더 날아가다가 굉음과 함께 대지에 내려 꽂혔다.

먼지가 걷히자 기수가 달려가 깃발을 들었다.

"일천칠백 보요."

다들 입을 벌리고 있는 가운데 왕 메이

룽은 어깨를 으쓱해 보였다.

"어떻소. 이게 우리 본래 실력이라니까."

세종은 어금니를 악물었다.

최해산이 마지막 포탄을 대포에 밀어 넣고 있었다.

"저건 또 뭐지?"

신료 하나가 자리에서 일어나며 벌판 한쪽을 가리켰다. 잘 빠진 말 한 마리가 흙먼지를 피우며 경기장 쪽으로 달려오고 있었다.

최해산의 얼굴이 환하게 밝아졌다.

"영실이가 오는 모양입니다."

"영실이가 여긴 왜?"

"실은 전하께 말씀드리지 않은 것이 있습니다. 될지 안 될지 모르는 일이라서요."

세종은 궁금한 듯 다그쳐 물었다.

"자세히 말해 봐라. 그게 대체 무슨 얘기냐."

"영실이가 새로운 화약을 개발하는 중이었습니다."

자신감 넘치는 최해산의 말에 세종의 얼굴도 조금씩 생기를 되찾고 있었다.

"저게 누구야?"

"처음 보는 사람인데?"

다들 고개를 갸웃거리는 가운데 모습을 드러

양현고

조선 시대에 성균관 유생들에게 제공되는 모든 경비 조달을 담당힌 퀀청. 고려의 제도를 그대로 계승하여 조선 초기부터 있었다. 성균관 소유의 2,000여 결의 밭을 관리하면서 그 수입으로 학생들을 지원했으나, 실제로는 식량을 제대로 공급하지 못해서 학생 스스로 먹을 것을 가져오기도 했다고 한다.

낸 건 안장에 양다리를 묶은 노빈손이었다.

멋지게 경기장 안으로 들어설 줄 알았던 사람들의 기대를 배신한 채 노빈손이 탄 말은 그대로 경기장을 지나쳐 계속 달려 나갔다.

그리고 벌판에 울려 퍼지는 처절한 비명.

"사람 살류~~. 누가 이 말 좀 세워 줘요~~~."

마지막 승부

노빈손이 가져온 폭약을 본 사람들은 다들 기도 안 찬다는 표정들이었다.

"오래 살다 보니 별 희한한 걸 다 보는군. 물에다 불을 붙인다고?"

내놓고 표현은 하지 않았지만 세종도 실망하기는 마찬가지였다.

"이건 뭐라고 하는 폭약이냐? 정말 불이 붙기는 하는 거냐?"

최해산은 말꼬리를 흐렸다.

"아직 실험은 못해 봤습니다만 영실이를 믿어 보는 수밖에요."

"흐음."

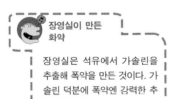

장영실이 만든 화약

장영실은 석유에서 가솔린을 추출해 폭약을 만든 것이다. 가솔린 덕분에 폭약엔 강력한 추진력과 폭발력이 생겼다.

왕 메이 룽은 눈물까지 흘리며 웃어 댔다.

"으하하. 아까 말한 막판 뒤집기가 저거였소? 하긴 내가 뒤집어지긴 했네."

세종은 최해산에게 간절한 눈빛을 보냈다.

'해산아. 부탁한다.'

210

묵묵히 고개를 끄덕인 최해산은 천천히 도화선에 불을 붙였다.

그러나 타들어가던 심지는 작약통 근처에 이르기도 전에 꺼져 버리는 것 아닌가.

왕 메이 룽은 아예 뒤로 넘어가고 있었다.

"어이구, 웃기다 못해 이제 슬프네 슬퍼."

빈정대는 왕 메이 룽의 말을 흘려들으며 최해산은 입술을 질끈 깨물었다.

'영실아, 나 실망 안 시킬 거지?'

불을 붙인 최해산은 눈을 감은 채 주먹을 움켜쥐었다.

누군가의 입에서 탄성이 터져 나왔다.

"붙었다!"

최해산은 감았던 눈을 뜨고 도화선을 바라보았다.

불길이 작약통 안으로 빨려 들어가듯 사라지더니 이제껏 듣지 못했던 거대한 폭발음이 천지를 뒤흔들었다.

콰광!

포신을 벗어난 대포알은 거칠 것이 없다는 듯 시원스럽게 뻗어 나갔다.

"오백 보요."

"칠백 보요."

"일천 보 통과요."

지켜보던 왕 메이 룽의 표정이 조금씩 굳

세종대왕은 고집쟁이

세종은 모두가 Yes라고 해도 혼자 No를 외칠 줄 아는 사람이었다. 지방관 임기를 3년에서 6년으로 바꾸려고 하자 대다수의 신하들이 빈발하였다. 많은 상소와 결론에도 불구하고 세종은 뜻을 굽히지 않았다. 10년 이상 계속해서 이 문제를 얘기했지만 세종의 고집을 꺾을 수 없었다. 그러나 임기가 길어진 덕분에 지방관이 안정되고 지방 정책도 자리를 잡아갔다.

어졌다.

"이거 뭐야. 왜 이래."

다들 손에 땀을 쥐고 포탄을 응시하는 가운데 병사의 떨리는 목소리가 들려왔다.

"일천오백 보요."

"뭬야?"

왕 메이 룽은 자리에서 벌떡 일어나 포탄이 날아가는 방향을 쳐다보았다.

떨어질 기미가 전혀 없이 여전히 기세 좋게 날아가는 포탄을 보고 왕메이 룽은 그 자리에 허물어지듯 주저앉았다.

드디어 폭탄이 땅에 떨어진 듯 멀리서 흙먼지가 높이 피어올랐다.

다들 주시하는 가운데 병사가 자신도 믿기지 않는지 넋 나간 목소리로 중얼거렸다.

"…이천삼백 보요……."

"이겼다!"

신하들은 서로 얼싸안고 만세를 외쳤다.

최해산은 감동이 복받치는지 바닥에 주저앉아 엉엉 울었고 눈시울이 뜨거운 듯 세종도 지그시 눈을 감고 있었다.

초점 잃은 눈으로 사람들의 환호하는 모습을 지켜보던 왕 메이 룽은 허탈하게 중얼거렸다.

조선시대 국비 유학생

세종 시대에도 나랏돈으로 유학을 가는 국비 유학생이 있었다. 세종은 15세 이상 25세 이하의 총명한 인물 20명을 뽑아 명나라에 보내 공부를 하도록 하게 한다. 문물이 앞선 명나라에 국비 유학을 시켜 미래를 준비하려 했던 것이다. 그전에도 의학, 천문학, 기술 부분에 뛰어난 전문가들을 선발하여 유학시킨 적이 있었다. 그때 갔던 인물이 바로 장영실이었다.

"…나는 이제 죽었네……."

그의 발 앞에 세종은 기술자 명단을 집어던졌다.

"이거 다시 가져가시오. 그런데 아까 대충 훑어보니 장영실이 빠졌습디다? 이상하네. 나였다면 나머지 299명과도 영실이 하나를 바꾸지 않았을 텐데. 신분이 천해서 뺐나?"

말을 마친 세종은 매서운 눈길로 조아명을 흘겨보았다.

눈물 콧물로 범벅이 된 채 최해산은 와락 노빈손을 끌어안고 힘차게 등을 두들겼다.

"이 녀석. 네가 보물이다, 보물."

솥뚜껑 같은 손으로 등짝을 얻어맞은 노빈손은 비명을 질렀다.

"사람 살려. 누가 이 아저씨 좀 말려 줘요."

그러나 환성에 묻혀 노빈손의 절규는 들리지 않았다.

다시 현대로

"정말 갈 거냐?"

"네."

"다시 생각해 보면 안 되겠니?"

"저도 그러고 싶지만 어쩔 수가 없네요."

"허어, 참."

광화문 앞 나무 의자에 마주 앉은 세 사람은 작별이 아쉬운 듯 말을 잇지 못했다.

"나한테 맞은 거 때문에 그러냐? 그럼 그냥 나를 때려. 열 배로."

최해산은 눈을 감고 노빈손에게 얼굴을 내밀었다.

대호군이란?

장영실은 실제로 세종으로부터 대호군이라는 벼슬을 하사받았다. 대호군은 조선 시대 무관 벼슬로 종 3품에 해당한다. 건공장군, 보공장군이라고도 하였고 임진왜란 후 폐지되었다. 물론 실제 화포 때문에 받은 벼슬은 아니다.

"아이참. 아니라니까 그러시네. 그리고 늦었지만, 영실이 형 축하해요."

대포 시합 이후 세종은 파격적으로 장영실에게 종 3품에 해당하는 대호군 벼슬을 내렸다. 집도 마련해 주고 지방에 있는 장영실의 어머니도 불러올 수 있도록 해 준 세종의 배려에 장영실은 꼬박 하루를 울었다.

또한 조아명의 자백으로 최하원의 억울한 죽음이 밝혀지자, 장영실은 최하원의 노모를 찾아가 위로하고 그 뒤를 돌보아 드리기로 하였다.

"다 네 덕분이지. 너 아니었으면 우리가 그 일을 해낼 수 있었겠니."

노빈손은 고개를 저었다.

'아니에요. 형이야말로 정말 대단한 사람이에요. 이제 세종 전하를 위해 별의별 발명도 하실 거구요.'

"아참, 전하께서도 네가 떠나면 섭섭해하실 텐데."

최해산은 전략을 바꾼 듯 이번에는 세종을 핑계로 노빈손의 발목을 잡았다.

노빈손이 웃기만 하자 최해산은 부러 화난 척을 했다.

"이거 이제 보니 아주 모진 인간일세."

"하하. 형님도 은근히 집착 강하셔."

더 잡아 봐야 어쩔 수 없다는 것을 안 장영실은 다정하게 노빈손의 손을 잡았다.

"우리 다시 만날 수는 있는 거니?"

"그럼요."

'영실이 형은 나중에 우리나라 어린이들이 제일로 좋아하는 과학자가 될 거거든요. 그게 형을 다시 만나는 거 아니겠어요.'

장영실이 입을 열었다.

"나, 뭐 하나만 물어보자."

사건의 전말

최해산과 장영실이 힘을 합쳐 명나라 사신단을 혼내 준다는 이야기는 기록으로 전해져 오는 것이 아니라 가상으로 꾸민 것이다. 허나 만약 만능 과학자 장영실과 무기 천재 최해산이 힘을 합쳤다면 좀더 진화된 화포로 명나라 사신을 혼내 줄 수 있지 않았을까?

"뭔데요?"

"예전에 산술 문제도 그렇고 나중에 비밀을 말해 준다고 했잖아. 지금이 그때 같은데?"

"아, 그거요."

노빈손은 잠시 고민에 빠졌다.

떠나는 마당인데 그거 말 못 해 주겠어?

마음에 결정을 내린 노빈손은 주변 사람들이 들을세라 낮은 목소리로 속삭이듯 말했다.

"사실은요……. 제가 미래에서 왔거든요."

잔뜩 기대하던 장영실과 최해산의 표정이 딱딱하게 굳었다. 최해산이 고함을 질렀다.

"이놈이 또 거짓말을!"

"진짜라니까요."

연거푸 날아오는 주먹을 피하며 노빈손은 환하게 웃음을 터트렸다.

활의 나라에서 대포의 나라로

조선을 세운 이성계는 신궁神弓으로까지 불렸던 활쏘기의 명수였다. 일반 활보다 두 배 이상 강한 데다 무쇠 화살촉을 장전한 이성계의 활은 적들에게 공포의 대상 그 자체였다.

그러나 활의 시대는 저물고 서서히 총통의 시대가 다가오고 있었다. 이성계의 아들이었던 태종은 즉위하자마자 최해산을, 즉 고려 말의 대포 귀신으로 알려진 최무선의 아들을 군기감 주부로 임명해 화약 개발에 착수한다. 그 성과는 태종 7년부터 나타난다.

태종 9년(1409년) 창덕궁 해온정

임금의 표정은 긴장으로 딱딱하게 굳어 있었다. 뒤를 따르는 신하들의 발걸음도 살얼음판을 걷는 듯 조심스러웠다. 오늘은 화통군이 화차 시범을 보이는 날이다. 해온정 앞에서는 화통군 군사들이 쇠 화살 수십 개를 구리통에 넣고 대기하고 있었다. 시험 발사를 오래 기다려 온 만큼 임금의 기대는 높았고 실패한다면 그만큼 실망도 클 터였다. 임금의 지시가 떨어지고 화약이 타 들어갔다. 폭발음과 함께 수십 발의 화살이 하늘로 날아올랐다. 숨을 죽인 채 지켜보던 신하들은 일제히 탄성을 올렸다. 이제껏 보지 못한 놀라운 광경이었다. 저 정도 위력이라면 순식간에 전투의 양상을 바꿔 놓을 수 있을 것이다. 임금은 만족스럽게 웃었고 최해산은 안도의 한숨을 내쉬었다. 임금은 그 자리에서 최해산에게는 말 한 필, 화통군 군사들에게는 포布 오십 필을 선물로 내렸다. 조선이 독자적인 화차 개발에 성공한 순간이었다.

☁ 태종 18년(1418년) 경복궁 근정전

1월 1일, 새해를 맞아 근정전 앞에서 화려한 불꽃놀이가 펼쳐졌다. 어두웠던 하늘이 순식간에 환하게 밝아졌다. 마치 하늘에 불이 붙은 것 같았다. 실험을 거듭한 조선의 대포와 화약은 이제 명나라의 수준에 근접해 있었다. 강력해진 폭음은 귀청을 때리는 차원을 넘어 지축을 흔들었고 뿜어져 나오는 화염을 보면 두려움과 아름다움이 동시에 느껴졌다. 구경하는 임금과 신하들은 내내 즐거운 표정이었다. 쏘는 입장에서야 신나는 일이겠지만 저 불꽃이 무기로 돌변해 하늘에서 쏟아져 내린다면 적들에게는 평생 잊히지 않을 악몽이 될 것이다.

☁ 세종 1년(1419년) 태평관

명나라 사신단이 조선의 불꽃놀이를 청했다. 조선의 화포가 심상찮다는 소문이 명나라 황실까지 흘러 들어간 모양이다. 근엄한 얼굴로 앉아 있던 사신단 대표 유천과 황엄은 불꽃놀이가 시작되자 낯빛이 바뀌었다. 무서운 기세로 하늘을 휘젓는 불새들의 향연은 사신단의 넋을 빼놓기에 충분했던 것이다. 벌떡 일어난 채 놀라움을

감추지 못하는 유천과 달리, 황엄은 애써 침착한 표정을 유지했지만 이마에는 송글송글 땀이 맺혀 있었다.

🌀 세종 13년(1431년) 어전 회의

명나라 사신에게 화포를 보여 줄 것인가 말 것인가라는 문제로 논쟁이 벌어졌다. 의정부 관리였던 허조는 조선의 화포가 명나라의 것보다 수준이 높으니 보여 주어서는 안 된다며 반대했다. 불필요하게 명나라를 자극할 필요가 없는 데다 국가 기밀 사항을 노출시켜서는 안 된다는 이유였다. 세종은 사신이 조선의 화포를 보게 되면 명나라가 화포를 지원해 달라고 할 때 거절하기 어려우니 허조의 의견을 받아들이겠다고 말했다. 그러나 일본에서 사신이 왔을 때는 숨기지 않고 마음껏 화포를 쏘아 그

위력을 자랑했다. 명나라와 달리 외교 분쟁이 일어날 일이 없었고, 또 기선을 제압해 겁을 먹도록 하는 심리적인 이유도 있었을 것이다.

세종 19년(1437년) 군기감

세총통細銃筒을 개발한 군기감은 이것이 어린아이와 여자도 쏠 수 있는 화포라고 설명하였다. 조선의 화포 기술은 이제 '휴대용'으로까지 발전한 것이다. 이후 세종은 훈민정음을 창제한다. 당시 중국 변방의 각 나라들에서는 자기들만의 문자를 개발하는 것이 유행이었다. 그러나 그것은 한자 사용을 당연시하는 중화사상에 정면으로 도전하는 행위였다. 문자의 개발이 반란으로 오해될 소지가 있는 상황에서 한글을 공식적으로 반포하였다는 것은 그에 대한 압력을 군사력으로 감당할 수 있다는 자신감의 다른 표현이기도 했다. 1448년에는 500보에 불과하던 사정거리가 1,500보까지 늘어났다. 조선은 명실상부한 화포의 강국이 된 것이다.

조선 시대 대포와 무기 제작에 참여한 인물들

◎ 최무선

"큼큼. 내가 바로 조선 대포의 아버지라고 할 수 있지. 1377년에 공민왕께 건의하여 왕립 화약 무기 연구소인 화통도감을 세웠거든. 거기서 화약과 18가지의 화약 무기를 개발했는데 그 중에 대표적인 것이 화전火箭과 주화走火야. 한자 공부 하신 분은 알겠지만 화전은 불화살이지. 별거 아니야. 그냥 화살촉에 솜을 매달고 불을 붙여 날리는 거지. 그것도 개발이냐고? 내 참, 콜럼버스의 달걀 이야기

몰라? 뭐든지 처음에는 어려운 거라고. 다음이 주화야. 말 그대로 달리는 불이지. 요건 불화살이랑 좀 달라. 화살보다는 로켓에 가깝지. 발사대에 화약을 탑재한 로켓을 올려놓고 점화선에 불을 붙여 거기서 발생한 연소 가스로 로켓을 밀어 올려 쏘는 거니까. 서양에도 15세기 무렵 플라잉 파이어flying fire라고 분사 로켓이 있었다니, 발상은 동서양이 다 비슷했던 거 같아. 다음 얘기는 내 아들 놈한테 들으셔. 아들 이름이 조선 대포냐고? 그거 웃자고 하는 소리지?"

◉ 최해산

"가업을 이은 거냐고? 어릴 적부터 보고 배운 게 만날 대포 만들고 화약에 불붙이는 거 뿐이었는데 할 게 그거밖에 더 있었겠어? 내 대표작은 신기전神機箭이야. 신기한 기계 화살이 아니라 귀신 같은 기계 화살이란 뜻이지. 이거 내가 『총통등록』에 자세히 써 놨는데 지금은 전해지지 않는다면서? 아니, 남의 귀한 저작을 그렇게 막 관리해도 되는 거야? 하여간 『병기도설』에 같은 내용이 들어 있다니 불행 중 다행이네. 신기전은 종이로 몸통을 만들어 거기에 화약을 올려 쏘는 거야. 처음부터 불을 피운 채 날아가는 주화랑 다른 점은 날아가다가 불이 붙거나 목표 지점에 떨어진 후에 폭발하도록 고안한 것이지. 얼마나 날아가냐고? 겁나 멀어. 2킬로 정도나 날아갔으니 왜구들이나 여진족들이나 오금이 저렸을 거야. 안 그렇겠어? 사람은 안 보이고 로켓만 날아오다가 갑자기 폭발하니 말이야. 크기에 따라 대신기전, 중신기전, 소신기전으로 나눴는데 중신기전과 소신기전은 150~200미터쯤 날아갔어. 적이 가까이 있는데 무조건 멀리 쏠 수는 없잖아."

◉ 문종

"짐이 하고 싶은 말은 대포만 있으면 뭐하느냐는 얘기니라. 짐이 비록 왕위에는 오래 있지 않았지만 과학 기술에 대한 재능은 아버님인 세종 임금님도 인정한 바 있노라. 모르긴 해도 대포 실험은 짐이 최해산보다 많이 했을 것이다. 짐이 개발한 건 신기전의 발사틀이다. 화차火車라고 이름을 붙였는데 신기전 100발을 차례대로 발사하거나 동시에 발사하는 것이 가능하도록 만든 것이지. 그 뿐만이 아니다. 화차는 그 각도를 마음대로 조절할 수 있어서 원하는 곳에 정확히 로켓을 적중시킬 수 있느니라. 일단 각도만 높여도 사정거리가 길어진다. 예전의 발사대는 발사각이 20도여서 65미터 날아가면 끝이었다. 허나 화차로 발사각을 40도로 조정하면 100미터나 날아가게 되지. 짐이 아버님만큼 오래 왕위에 있었다면 조선의 과학 기술과 화포 기술은 세계 최고가 되었을 것인즉, 짐이야말로 조선 500년 역사의 가장 아쉬운 인물 중 하나가 아니겠는가."

세종 연보

이 책을 함께 만든 분들

공해란(경기) 김기헌(서울) 김민지(경기) 김영균(경기) 김예현(경기) 신여진, 신여경(서울) 전길수(서울)
우철명(경기) 원장성(경기) 이소현, 이충현(인천) 이정현(서울) 서재한, 서정화, 서민석, 서민지(서울)
전웅재(서울) 조아라, 김아람, 김다은(경기) 지상국(서울) 지재원, 지혜준(서울) 최민정(서울)

화보 사진을 제공한 분들

황수창 김영환 이병노 장진영

세종대왕
시대의
과학
발명품

사진으로 보는 조선 시대 ②

01. 자격루

1434년 세종대왕님의 명으로 장영실 형이 제작한 자동 물시계야. 시간마다 종과 북, 징을 치며 12지 동물 모습을 한 나무인형들이 나타난단다 (01-1)

02. 혼천의

장영실 형이 제작한 천체관측기. 천체의 운행과 그 위치를 측정한 기구로 선기옥형, 혼의, 혼의기라고도 하지.

03. 앙부일구

세종 때 처음 만들어진 해시계야. 그림자로 시간을 알 수 있고, 또 다리 위에 설치되어 한국 최초의 공공 시계로 활약하기도 했다지?

04. 측우기

강우량을 측정하기 위해 사용된 기구지. 강우량 측정 기구는 측우기가 세계 최초래. 당시에는 한양과 각 도의 군현에 설치되었다고 해.(04-1 헌종 때 만들어진 금영 측우기)

05. 간의

조선 시대 천문대에 설치되었던 천문관측기 중 하나야. 오늘날의 각도기와 비슷한 구조를 가지고 있어.(05-1)

06. 혼상

천체들의 움직임과 모양을 나타낸 천구의야. 천체관측기 인 혼천의와는 달리 천체들의 움직임을 나타낸 일종의 모형이란다.

07. 일성정시의

낮과 밤의 시각을 재는 데 사용하는 기구야. 세종 때 제작하여 만춘전, 서운관, 그리고 평안도와 함경도의 병영에 두었어.

08. 정남일구

세종 시대에 만들어진 해시계 중 하나지. 시각을 알 수있을 뿐 아니라 천문관측을 통해 방위를 잡을 수도 있어.(08-1)

09. 현주일구

담배갑의 1.5배 정도 되는 크기의 휴대용 해시계야. 시침으로 막대판을 세우고 시계판을 비스듬히 세워 시간을 측정하는데, 밑바닥 홈에 구멍을 낸 후 물을 부어 수평을 잡고 지남침을 띄워 남북 방향을 잡도록 설계되어 있어.(09-1)

10. 천평일구

시각판을 따로 만들어 부착하지 않고 바닥에 그려 넣어 형태를 더욱 단순화시킨 휴대용 해시계야. 현주일구보다 휴대하기 간편해졌어.(10-1)

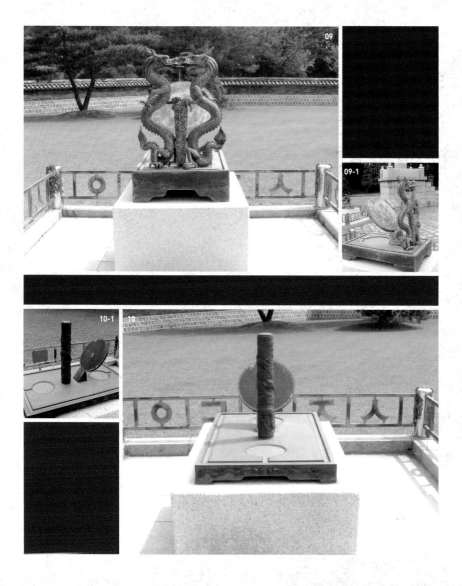

조선의 화포

01. 불랑기자포
손으로 불씨를 점화시켜 발사하는 조선 시대의 화포야.

02. 불랑기포
중국 명나라 시대에 도입한 서양식 박격포야. 포르투갈 인들이 전해 준 것으로 조선과 일본에서도 사용했어.

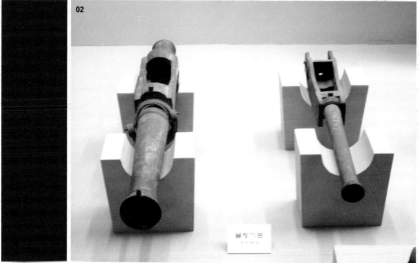

불랑기포

03. 승자총통
조선 중기에 제작된, 손으로 불씨를 점화시켜 발사하는 유통식 화기야. 사정거리는 600보 정도였대.

04. 천자총통
크기와 탄환 수, 사정거리에 따라 종류를 구별하기 위해, 총통의 이름에 천자문 첫마디인 천/지/현/황을 따 붙였대. 천자총통은 가장 크고 멀리 나가는 화포였지.

05. 지자총통
천자총통 다음으로 큰 우리나라 고유의 화포야. 태종 때부터 사용했는데, 세종 시대에 와서 개발되어 500보를 넘지 못하던 화포가 8~900보를 넘기게 되었단다.

06. 현자총통

태종 때부터 사용하던 화포로, 세종 시대에 지자총통과
함께 개량된 무기지.(06-1, 06-2)

07. 신기전기화차

조선 최초의 로켓 화기인 신기전을 발사하기 위한 화차야.
현대의 다연장로켓이라고나 할까? 문종 때 개발되었어.